一个女人一生中的二十四小时

[奥] 斯蒂芬·茨威格 ／著 高中甫 韩耀成／译

Vierundzwanzig Stunden aus dem Leben einer Frau

Stefan Zweig

湖南文艺出版社 HUNAN LITERATURE AND ART PUBLISHING HOUSE 博集天卷 CS-BOOKY

图书在版编目（CIP）数据

一个女人一生中的二十四小时 /（奥）斯蒂芬·茨威格（Stefan Zweig）著；高中甫，韩耀成译．— 长沙：湖南文艺出版社，2018.3
ISBN 978-7-5404-8390-6

Ⅰ．①一…　Ⅱ．①斯…②高…③韩…　Ⅲ．①短篇小说—小说集—奥地利—现代　Ⅳ．① I521.45

中国版本图书馆 CIP 数据核字（2017）第 275269 号

上架建议：外国经典文学

YI GE NÜREN YISHENG ZHONG DE ERSHISI XIAOSHI
一个女人一生中的二十四小时

著　　者：[奥] 斯蒂芬·茨威格
译　　者：高中甫　韩耀成
出 版 人：曾赛丰
责任编辑：薛　健　　刘诗哲
监　　制：蔡明菲　邢越超
策划编辑：马冬冬　文雅茜
特约编辑：李乐娟
版权支持：文赛峰
营销支持：李　群　张锦涵　姚长杰
版式设计：潘雪琴
封面设计：棱角视觉
出版发行：湖南文艺出版社
　　　　　（长沙市雨花区东二环一段 508 号　邮编：410014）
网　　址：www.hnwy.net
印　　刷：北京天宇万达印刷有限公司
经　　销：新华书店
开　　本：880mm×1230mm　1/32
字　　数：150 千字
印　　张：7
版　　次：2018 年 3 月第 1 版
印　　次：2018 年 3 月第 1 次印刷
书　　号：ISBN 978-7-5404-8390-6
定　　价：45.00 元

若有质量问题，请致电质量监督电话：010-59096394
团购电话：010-59320018

目录

/

Contents

/

Part 1

一个女人一生中的二十四小时

战争①爆发前十年，当时我住在里维埃拉②一座小公寓里。有一次在饭桌上发生了一场激烈的讨论，想不到竟演变成粗野的争执，甚至差点闹到彼此恶语相加、互相侮辱的地步。当今大多数人的想象力都很迟钝，不管什么事，只要它与自己无关，只要它没有像一个尖利的楔子打进脑袋，他们就不会大动肝火，可是事情一旦发生在他们眼前，直接触动到他们的感情，那么，即使是一件微不足道的小事，也会立即在他们心里引起过分的激动。于是他们便一反往日少管闲事的常态，显出蛮不讲理、气势汹汹的样子。

---

① 指第一次世界大战。
② 地中海沿岸地区，包括法国东南部的蓝岸地区以及意大利北部的波嫩泰和勒万特，风光旖旎，气候宜人，是著名的旅游胜地。沿海地区有戛纳、昂蒂布、尼斯、芒通、圣雷莫、圣马格丽塔、拉巴洛和莱万托等城市。

　　这次，在我们同桌吃饭的这些十足的平民百姓身上所表现出来的就是这种情景。平日这帮人在一起心平气和地 small talk①，互相开点无伤大雅的小玩笑，通常吃完饭大家马上就分散了：那对德国夫妇外出观光游览，拍照留影；胖子丹麦人不嫌单调乏味，独自去钓鱼；举止文雅的英国太太接着看她的书；那对意大利夫妇则到蒙特卡洛②去豪赌；我呢，不是偷闲在花园里的椅子上一躺，就是工作。可是这次，那场激烈的讨论把我们大家完全纠缠在一起了。吃完饭大家都坐着，谁也没有走。我们中要是有人突然一跃而起，那绝不似平日那样站起来彬彬有礼地向大家告退，而是在脑袋发热、心中愤怒的状态下——这我在前面已经说过——所采取的不加掩饰的激愤形式。

　　把我们桌上这一小拨人拴在一起的那件事，确实够奇怪的。我们七个人下榻的那个公寓从外表看虽然好似独幢别墅——啊，从窗口眺望悬岩峥嵘的海滨真是妙不可言！——但实际上它只不过是皇宫大饭店的附属建筑，收费较低廉，通过花园同大饭店相连，所以我们这些住公寓的客人同住大饭店的客人常有来往。前天，饭店里发生了一件确凿无疑的桃色事

① 英语：闲聊。
② 世界著名的赌城，在摩纳哥公国境内。

件：一位年轻的法国人乘中午十二点二十分的火车——我不得不准确地把时间交代清楚，因为它无论对这段插曲还是对那场激动的谈话的题目都是非常重要的——来到这里，租了一间海滨房间，可以眺览大海，视野非常好，这本身就说明他相当富裕。使其引人注目、给人以好感的，不仅是他谨慎的优雅风度，更主要的是他那超群绝伦、人见人爱的俊美：一张姑娘般的脸庞，热情而性感的嘴唇上长着一圈轻柔、金黄的短髭，柔软的褐发卷曲在白净的额头上，温柔的眸子投给你的每一瞥都是一次爱抚——他身上的一切都显得柔情绰态，风致韵绝，而毫不忸怩作态，矫揉造作。如果说远远见到他首先会使人觉得有点像陈列在大时装店橱窗里的那些表现男性美理想的、拿着精美的手杖、风度翩翩的肉色蜡人的话，那么走近一看却全然没有一丝纨绔之气，因为他身上的俊秀纯属天然，与生俱来，宛如从肌肤里长出来的，实属罕见。他从旁边走过时，总要以同样谦恭和亲切的方式向每个人打招呼，他在各种场合无拘无束地展现的那份时时做好外出准备的潇洒劲，真让人赏心悦目。若是有位女士往存衣处走去，他总要赶忙迎上前去，帮她脱下大衣，对于每个孩子他都亲切地看上一眼或是说句逗乐的话，显得既平易近人，又不张扬惹眼——总之，看来他就是那种幸运儿，他们凭借得到验证的感觉，深信能以自己俊美的面庞和青春的魅力使别人满面春风，并将这种自信变成新的优雅风度。只要有他在场，对饭店里大多数年老或者有病的客人来说不啻是一种恩惠，他以那种青春的胜利步伐，以那种逍遥自在、清新潇洒的生命的风暴赋予许多人以优美的享受，使得每个挤到前面来看他的人都无可抗拒地对他产生好感。他来了两小时就已经在同里昂来的两位姑娘打网球了。她们是那位身宽体胖的富有的工厂主的女儿，十二岁的安内特和十三岁的勃朗希。女孩的母亲，那位秀美、窈窕、性格内向的亨丽埃特夫人脸露微笑，在一旁看着两位羽毛未丰的女儿在下意识地卖弄风情，同那位陌生的年轻人调情。晚上，他在我们的棋桌旁观看了一小时，这期间随便讲了几个有趣的奇闻逸事，随后又陪亨丽埃特夫人在饭店的屋顶平台上长时间地踱来踱去，而她丈夫则像往常一样，同一位生意上的朋友玩多米诺骨牌。夜里我注意到，他还在办公室的暗影里同饭店的女秘书促膝谈心，神态之亲密简直令人生疑。第二天早晨，他陪我的丹麦同伴出去钓鱼，他在这方面所显示的知识实在令人惊讶。后来他又同里昂来的那位工厂主聊了很久的政治，在这方面他也证明自己同样很精通，因为别人听到这位胖胖先生开怀的笑声竟盖过了海浪的轰鸣。午饭后，他再次单独陪亨丽埃特夫人坐在花园里喝了一小时黑咖啡，又同她的女儿打了网球，同那对德国夫妇在大厅里闲聊了一阵。我之所以那么详尽地记下他在各个时间段的时间安排，是因为这对了解这里的情况是完全必要的。下午六点钟我去寄信，又在火车站遇见了他。他急忙朝我走来，仿佛要向我告辞似的。他说，他突然接到来信，叫他回去，两天后他仍将回来。晚上，他果然没在餐厅里出现，但这只是他的人不在，因为每张桌上还都在谈他，大家交口赞赏他那种舒适、快活的生活方式。

夜里，将近十一点钟的时候，我坐在屋里，想把一本书看完。这时，从打开的窗户里突然听到花园里有不安的叫喊声，又看到那边饭店里的一片忙乱景象。我觉得好奇，但更感到不安，于是马上过去，跑了五十步就到了那边。我发现所有的客人和饭店职工都张皇失措，乱作一团。原来亨丽埃特夫人每天晚上都要到海滨台地上去散步，今天，在她丈夫照例准时同那慕尔^①来的朋友玩多米诺骨牌的时候，她就去那儿散步，此时尚未回来，大家担心她会遭到什么不测。她那位身宽体胖、平时行动迟钝的丈夫现在像头公牛似的向海滩奔去，并朝黑夜高声呼喊："亨丽埃特！亨丽埃特！"由于紧张，声音都变了，这呼唤听起来像是一只受到致命伤害的巨兽发出的原始而可怕的悲号。茶房和侍役惊恐不安地从楼梯上跑上跑下，所有客人都被叫醒，并打电话报告了警察局。这期间，那位胖丈夫敞着坎肩，一面不停地跟跟跄跄、磕磕绊绊地奔来奔去，一面抽抽噎噎，徒劳地朝黑夜呼唤"亨丽埃特！亨丽埃特！"。这时楼上的两个女儿也醒了，穿着睡衣，从窗口朝楼下呼喊她们的母亲，于是父亲又急忙跑上楼去宽她们的心。

　　随后发生了一件骇人听闻的事，简直难以复述，因为人在遭受巨大打击的瞬间，精神极其紧张，他的举止往往表现出一种悲剧色彩，无论用图画还是文字都无法以同样的雷霆之力将其再现。突然，那位笨重、肥胖的丈夫从嘎吱作响的楼梯上下来，脸色也变了，显得十分疲倦，但十分愤怒。他手里拿了一封信。他以刚好还能听得清的声音对人事部主任说："请您叫

_____

① 比利时的一个城市。

大家都回来，不用再找了。我夫人抛弃了我。"

这就是这位受到致命打击的男人的态度，是他在周围这些人面前所表现的超乎常人的态度。这些人本来都怀着好奇心争先恐后地来看他的，现在突然大吃一惊，个个感到很难为情，人人不知所措，便纷纷离他而去。他剩下的力气正好还够摇摇晃晃地从我们身边走过，朝谁都没看一眼。他走进阅览室去关掉电灯，随后我们就听见他沉甸甸的庞大身躯砰的一声跌落在靠背椅里，并听到一阵呜呜的啜泣，像野兽的嗷嗷声，只有从来没有哭过的男人才会这么个哭法。这种刻骨铭心的痛苦对我们每个人，即使是最卑鄙的人，都具有一种麻醉力。无论是茶房还是怀着好奇心悄悄走来的客人，谁都不敢发出一丝笑声，或者说一句惋惜的话。我们大家都默默无言，对这场可以击碎一切的感情爆炸好像感到羞愧似的，一个接一个溜回各自的房间，只有那位被击倒的人独自在黑暗的房间里啜泣，后来大厦的灯光慢慢熄灭了，但人们还在交头接耳，嘀嘀咕咕，窃窃私语。

人们将会理解，拿这么一桩雷击般落在我们眼前的事件来狠狠地刺激一下那些平时只习惯于悠闲自在、无忧无虑地消磨时间的人大概是非常合适的。但是，随后我们餐桌上爆发的那场讨论，那场如此激烈、差点激化为拳脚相加的讨论，虽然是这桩令人惊异的事件引起的，然而从实质上来说，它更是对相互对立的人生观所做的一次原则性的阐述和大动干戈的冲突。这位精神彻底崩溃的丈夫一时气昏了头，将手里的信揉成一团，随手往地上一扔。一个侍女捡起信来看了，还不慎泄露了秘密，因而大家很快都知道，亨丽埃特夫人不是独个，而是同那位年轻的法国人串通一气才出走的。这样一来，大多数人原来对年轻的法国人所抱的好感，瞬息之间就烟消云散。现在，一眼就看得明明白白：这位瘦小的"包法利夫人"将她肥胖的、土里土气的丈夫换成了一位风流倜傥、年轻潇洒的美男子。然而，使得饭店里所有的人激动不已的，却是以下这一情况：无论是这位工厂主还是他的两个女儿，或者亨丽埃特夫人，先前都从未见过这位 lovelace[1]，那么，使得一位三十三岁、品德无可指责的女人一夜之间就把自己的丈夫和两个孩子抛弃，随随便便跟一位素不相识的纨绔子弟远走高飞的，有傍晚时分在平台上的两小时谈话和在花园里喝一小时黑咖啡这两

────────────

[1] 英语：花花公子。

件事大概就足够了。对于这个表面上显而易见的事实，我们桌上的人却一致不予苟同，大家认为，那是这对情人施放的刁钻烟幕和耍的狡猾花招：不言而喻，亨丽埃特夫人同这位年轻人一定早就有了秘密来往，这位情郎这次是专为商定私奔的最后细节而来这儿的，因为大家这样推断——一位正派夫人同一个男子结识仅两小时，听到一声吆喝就随他私奔，这是完全不可能的。我觉得，提出一个不同看法倒是蛮有趣的，我竭力为这样一种可能性辩护：我认为，一个多年来对婚后生活感到失望和无聊的女人，心里早已做了坚决的准备，一旦有人追她，就随他而去，这种情况是极有可能的。由于我出其不意地提出了异议，讨论立刻就吸引了每个人，尤其因为德国和意大利这两对夫妇的论点而变得颇为激烈：他们带着毫不掩饰的侮辱和轻蔑的神情否定有 coup de foudre① 的情况存在，若是有，那也只是愚蠢的行为，是无聊小说里的想入非非。

好了，这场争吵从喝汤开始一直进行到吃完布丁为止，这里再来把狂风暴雨般的争论的各个细节咀嚼一遍，确实没有必要。只有对那些 Professionals der Table d'hote② 这种争

———————————
① 法语：本义"电击"，意为"一见倾心"。
② 法语：在公寓里吃饭的人。

论才是司空见惯的，餐桌上偶然发生一次争论，情绪都很激动，但所持的论点往往很平庸，因为那只是匆忙之中随便捡起来的。我们的讨论何以会急速发展到恶语中伤的程度，这也很难说得清楚。我觉得，由于德国和意大利这两位丈夫下意识地想要将他们各自的夫人排除在有堕入深渊的极其危险的可能性之外，从这时起争论就开始动了肝火。可惜这两位找不到有力的论据来反驳我，他们说，只有那种只根据偶然的、单身男子廉价地征服女人的例证来判断女人心理的人，才会持那种观点。这话已经使我有几分来气了，而那位德国夫人还拿一大堆废话来教训人，说什么世上一方面有真正的女人，另一方面也有"天生的娼妓"，照她的看法，亨丽埃特夫人准保就是其中之一。这话更是火上浇油，我再也忍耐不住了，于是便立即采取进攻姿态。我说，一个女人在其一生的某些时刻处于神秘莫测的力量的控制之下，只好任凭摆布，这既非她的意愿，她自己也不知晓，这是明摆着的事实，否认这个事实，只不过是为了掩盖对自己的本能，对我们天性中的恶魔成分的恐惧罢了。看来，这样做许多人可以自得其乐，并觉得自己比那些"容易上钩"的人更坚强、更纯洁、更高尚。我个人还觉得，一个女人如果不是像常见的那样，躺在丈夫怀里闭着眼睛欺骗丈夫，而是无拘无束、热情奔放地听从她自己的本能，这样倒是更为诚实。我大致就说了这些话，在这火药味十足的谈话中，别人对可怜的亨丽埃特夫人攻击得越厉害，我为她的辩护也就越发激昂慷慨，这实际上已经远远超出了我内心的感情。我的这种热情，用大学生的话来说，是对这两对夫妇的挑战，他们像是不很和谐的四重奏，恶狠狠地一齐向我反扑过来。上了年纪的丹麦人表情和蔼地坐在这里，宛如足球比赛时手握跑表的裁判，不得不时时用指骨敲敲桌子，以示警告："Genlemen,please."① 不过，每次只能起一会儿作用。一位先生满脸涨得通红，已经三次从桌上跳了起来，他夫人费了好大劲才把他按下去。总而言之，要不是突然C夫人出来调解，把这场火药味很浓的谈话平息下去，那么过不了十几分钟，我们这次讨论就会以拳脚相加来结束的。

C夫人，这位满头银发、气宇不凡的英国老太太，是我们这桌非选举的名誉主席。她坐在座位上，腰板挺直，对每个人的态度总是同样的和蔼可亲，自己不多说话，却总是兴致勃勃

---

① 英语：先生们，请注意。

地倾听别人的意见，单她的体态风度就给人一个赏心悦目的印象：修心养性的奇妙神态和温文尔雅的风采显露出她雍容高贵的气质。虽然她善于用巧妙的手腕对每个人都表示特殊的亲切姿态，但仍对每个人都保持一定的距离：通常她总是坐在花园里看书，有时弹弹钢琴，很少见她同别人待在一起或者加入热烈的谈话。大家不太注意她，然而她对我们大家却拥有一种特殊的力量，她第一次参与我们的谈话，我们大家就都为自己说话声音大、未加克制而感到很不好意思。

就在这位德国先生粗暴地跳起来，随即又被轻轻按住，重新在桌旁坐下的时候，C夫人就趁这个令人不快的间歇，出乎意料地抬起她那亮晶晶的灰色眼睛，犹犹豫豫地对我凝视了一会儿，接着便以几乎是客观明确的语气按她自己的理解提起了这个话题：

"这么说，如果我没理解错的话，您相信亨丽埃特夫人，相信一个女人会无辜地被卷进一桩突如其来的绯闻，相信确有一些这样的女人，会做出一小时之前她们自己都认为不可能而且几乎也不能由她们来负责的行动？"

"我绝对相信，夫人。"

"这样说来，任何道德评判都毫无意义，任何有伤风化的行为都是合理的了。您要是真的认为，法国人所说的 crime passionnel① 不成其为 crime②，那么还要国家司法机关干吗？什么事不是都得靠并不很多的良好愿望了吗？——想不到您的良好愿望有那么多，"她轻轻一笑，补充说，"在每个罪行中都可找出一种热情来，有了这种热情，罪行也就可以宽恕了。"

她说话的声调清晰而快乐，我听了感到分外舒坦，我下意识地模仿她的客观态度，同样以半开玩笑半认真的方式回答道："国家司法机关对这类事情的裁决肯定比我严厉。它们的职责是毫不留情地维护共同的风俗习惯。它们必须做出裁决，而不是给予宽恕。作为一个人，我看不出我为什么要主动担当起检察官的角色——我宁愿当辩护人。就我个人来说，理解人所得到的乐趣要比审判人所得到的大得多。"

C夫人睁着亮晶晶的灰色眼睛从上到下将我端详了一番，显出犹犹豫豫的样子。我担心她没有正确理解我的意思，准备把刚才的话再用英语向她重复一次。可是她却像在主考一样，

① 法语：热情导致的罪行。
② 法语：罪行。

以一种严肃得有点奇怪的神情继续提问。

"一个女人扔下丈夫和两个女儿，随便跟人跑了，而她压根还不知道这人是否值得她爱，您不觉得这事很可鄙、很丑恶吗？这女人毕竟不算很年轻了，为自己的孩子着想，她也必须学会自尊，可是她却如此不知检点，如此轻率，对于这样的女人您真能原谅她吗？"

"我再说一遍，尊敬的夫人，"我重申自己的看法，"在这种情况下，我不愿做出判断，也不愿去谴责。在您面前，我可以坦率地承认，先前我说的话有点过火——可怜的亨丽埃特夫人肯定不是女英雄，连风流女子都不是，更够不上是个grande amoureuse①。就我所了解的，我觉得她只不过是一位平凡而软弱的女人，我对她怀有一些敬意，因为她勇敢地顺应了自己的意愿，然而我却更多地为她感到遗憾，因为要不是今天，那明天她一定会很不幸的。她的做法也许很愚蠢，肯定过于轻率，但绝不是卑鄙下流的，我始终认为，谁也没有权利鄙视这个可怜的、不幸的女人。"

"那么您自己呢，您还对她怀有同样的尊重和敬意吗？在

————————————
① 法语：伟大的情人。

那位您前天曾同她在一起待过的尊敬的女人和这位昨天跟一位素不相识的人私奔的女人之间，您觉得没有一点区别吗？”

“没有一点区别，没有一丝一毫区别。”

“Is that so?”① 她下意识地说起了英语。很奇怪，她似乎老是在思考整个谈话。她思索了片刻之后，又抬起她那清澈的目光，询问式地望着我。

“倘若您明天，我们假定说在尼查，遇到亨丽埃特夫人，见她挽着那位年轻男子的胳膊，您还会向她打招呼吗？”

“当然。”

“会跟她说话？”

“当然。”

“您是否会——假如您……假如您结了婚，会把这么一个女人介绍给您夫人，就像什么事也没有发生过？”

“当然。”

“Would you really？”② 她又说起了英语，显出难以置信的、十分惊异的样子。

---

① 英语：是真的？
② 英语：您当真？

"Surely I would." ① 我不觉也用英语回答。

C夫人沉默了。她似乎还一直在认真思考着。突然，她一面注视着我，一面说，好像对自己的勇气感到很惊讶："I don't know, if I would. Perhaps I might do it also." ② 说完，她已胸有成竹，便站起身来，亲切地把手伸给我，这就结束了谈话，又不显得唐突，只有英国人最善于用这种方式。在她的影响下，我们桌上又恢复了平静，我们大家心里都很感激她，我们这些人，方才还是对立的，现在都心有歉意、客客气气地互相打着招呼，几句轻松的玩笑话就缓和了刚才火药味很浓的气氛。

我们的讨论虽然最后似乎是以骑士风度结束的，可是被激发起来的恼怒情绪却使我的对手和我之间的关系有些疏远了。那对德国夫妇态度审慎，而意大利夫妇在随后的几天里则老是喜欢带着讥讽的意味问我，听到关于那位"cara signora Hentietta" ③ 的什么消息没有。尽管在形式上似乎我们大家都彬彬有礼，可是以前我们桌上彼此以诚相待、并非刻意追求的那种快乐气氛却已被破坏，再也回不来了。

---

① 英语：我确实会这样做的。
② 英语：我不知道自己会不会那样。说不定我也会那样做的。
③ 意大利语：尊敬的亨丽埃特夫人。

那次讨论以后，C夫人对我表示出特殊的亲切，因此我当时的那些反对者现在对我的讥讽和冷淡就显得更为突出。C夫人一向极其矜持，在用餐时间以外几乎不与同桌的人聊天，现在却多次找机会在花园里同我攀谈。我几乎想说，她这是对我另眼相看，因为她的举止高雅而矜持，能单独同你交谈一次，就好似对你格外的恩宠了。是的，要是说实话，那么我不得不说，她简直是主动找我的，而且借种种因由来跟我说话，她的这种做法明眼人一看便明白，她若不是满头白发的老太太，那真会让我生出许多胡思乱想来哩。但是，我们一聊，话题就不可避免和不可控制地又回到了原来的出发点，回到了亨丽埃特夫人身上。看来她对指责那位没有责任心的女人，谴责她的见异思迁、水性杨花感到暗自欣喜。可同时，见我不改初衷，仍旧坚定不移地同情那位娇柔文雅的夫人，而且怎么也不能使我的态度有丝毫改变，她似乎又很高兴。她一再把我们的谈话往这个方向拉，对于她的这种异乎寻常、锲而不舍的执拗劲，事后我真不知道该怎么去想才对。

这么着又过了几天，五六天吧，她一个字都没有透露，为什么这样的谈话对她那么重要。有一次散步时我才明白无误地意识到其中必有隐情。那时我偶然提到，我在这儿的度假快结束了，我想后天就离开，这时，她那平素泰然自若、毫不动容的脸上突然现出奇怪的紧张神色，好似一片阴云飘过她碧如海水的眸子："多遗憾！本来我还有许多问题要跟你讨论呢。"从这一刻起她就显得魂不守舍的样子，说着这事，心里却想着另一件事，另一桩紧紧纠缠她、驾驭她的事。到后来似乎她自己都对这种心不在焉的状态感到不满了，因为她摆脱了突然出现的沉默，突如其来地向我伸出手来，说："我看，我没法把原来要对您说的话表达清楚。我还是给您写信吧。"说着，便朝饭店的大楼走去，步履匆匆，完全不像平日闲适的样子。

傍晚，快要开饭之时，我果真在房间里发现一封信，是她刚劲而洒脱的笔迹。只可惜，我年轻时候对于信件很不经意，因此无法引证原信，只能记叙信中问我的大致内容。她在信里问，是否允许她向我讲讲她自己的生活。她说，那个插曲已是很久以前的事了，本来跟她现在的生活几乎毫不相干，又说，我后天就要走了，她把二十多年来一直在内心折磨和纠缠着她的事说出来，就会感到好受些。她说，要是我对这样一次谈话不感到唐突的话，她很想请我给她这个时间。

这里我只是记叙了信的内容，原信对我有着极大的吸引力——信是用英文写的，单就这一点就使这封信表达得十分清楚和果断。可是我的回信并不容易，我撕掉三次草稿，最后才给她回了这样一封信：

"您那么信任我，这对我是个莫大荣幸。如果您要我说实话，那我答应，我心里是怎么想的，就怎么答复您。除了您心里愿意讲的，我当然不会要求您对我吐露更多的东西。不过您讲的事情，请您对自己和对我完全说真话，请您相信，我是把您的信看作一个殊荣的。"

晚上，这张字条到了她的房间，第二天早晨，我发现了她的回信：

"您说得完全正确：一半真实是毫无价值的，只有全部真实才有价值。我将竭尽全力，不对我自己也不对您做任何隐瞒。请您饭后到我房间里来——我已六十七岁，不必担心会招来什么流言蜚语。因为在花园里或挨着很多人的地方我说不出来。您一定会相信，我下此决心，是绝非轻而易举的。"

中午我们还在餐桌上碰过面，彬彬有礼地说了些无关紧要的话。可是，饭后在花园里遇到我，她显然很慌乱，就避开了，这位满头银发的老太太在我面前竟好似一个羞怯的少女，迅速逃往一条松林道上。见此情景，我心里觉得既歉疚又感动。

晚上，在约定的时间，我就去敲她的房门，门立即就为我打开了：室内光线暗淡，只有一盏小台灯在这平时朦胧昏暗的房间里投下一圈黄色的光影。C夫人毫不拘束地朝我迎来，请我在圈椅上坐下，她自己坐在我对面。我觉得，她的每个动作都是精心准备的，然而还是出现了冷场，显然并非她所愿望的冷场，难于做出决断的冷场。冷场的时间很久，而且越来越久，可我又不敢出声来打破它，因为我感觉到，这冷场意味着一个坚强的意志在同顽强的反抗意识进行激烈的搏斗。楼下客厅里不时断断续续地传来华尔兹的微弱乐声，我聚精会神地听着，似乎想以此来消除这沉默造成的让人喘不过气来的重压。对于沉默所造成的不自然的紧张她似乎也感到有点尴尬，因为她突然一跃而起，说道：

"最难说的是第一句话。这两天我已经做好准备，要十分明白和真实地讲这件事，我希望能够做到。也许您现在还不理解，我为什么要对您这个陌生人讲这些事，可是我几乎无时无刻不在想着这件事，您可以相信我这个老太婆，她要将整个一生都凝视着生命中唯一的一点，凝视着唯一的一天，这是无法忍受的。因为我要对您讲的事，在我六十七年的生活时间里仅仅只占二十四小时，我常对自己说，一个人如果曾一时干过一次荒唐事，那又有什么大不了的。我常常这么说，说得都快成神经病了。然而人们还是摆脱不了我们很没有把握地称之为良心的东西，当时，在听您如此客观地谈论亨丽埃特夫人事件时，我就想，若是一旦我能下定决心，对某个人痛痛快快地说出我生活中的那一天，那么也许就可以结束这毫无意义的追忆和没完没了的自我谴责了。我要不是信奉英国圣公会①，而是信奉天主教，那我早就有机会忏悔，说出那件我一直守口如瓶的事，以求解脱了。可是这种安慰与我们无缘，因此我今天就要奇怪地试一试，原原本本地向您叙述这件事，以此来宣判自己无罪。我知道，这一切都极为奇怪，可是您毫不犹豫地接受了我的建议，为此我很感谢您。

　　"好吧，我们言归正传。我已经说过，我要对您说的只

---

① 圣公会是英国的国教会。一五三四年英国国会通过法案，规定英国教会不再受治于教皇，而以英王为最高元首，圣公会遂成为英国国教。

是我一生中唯一的一天——在我看来其余的一切都是无关紧要的，别人也会感到枯燥无味。直到四十二岁，我在人生道路上一步也未曾越出常规。我的父母亲是富有的苏格兰乡村勋爵，我们拥有几座大工厂和许多出租的田地，我们依照乡村贵族通常的方式，一年中的大部分时间都生活在自己的庄园里，夏天则住在伦敦。我十八岁那年在一次社交聚会上认识了我的丈夫，他出身名门望族，是 R 家的第二个儿子，从军十年一直被派驻印度。我们很快就结了婚，在我们的社交圈里过着无忧无虑的生活，每年三个月住在伦敦，三个月住在庄园里，其余的时间则去意大利、西班牙和法国等地旅游，在饭店下榻。我们的婚姻从未出现过一缕阴影，我们的两个儿子如今已经长大成人。我四十岁那年，我丈夫突然去世了。他在热带生活期间得了肝病。真是可怕，他发病只有两星期，我就永远失去了他。我的大儿子当时正在军队服役，小儿子在上大学。所以，一夜之间我就形单影只，独守空房了。我这人已经习惯了温馨的家庭生活，现在的孤单和寂寞对我来说真是一种可怕的折磨。家里的每件东西都让我触景生情，让我想起我亲爱的丈夫，他的去世令我黯然神伤。我觉得再也不能在这凄凉的屋子里待下去了，哪怕多待一天也受不了。于是我就决定，在两个儿子结婚以前到各地去旅游，以消磨岁月。

"其实，从此以后我把自己的生活看作毫无意义、纯属多余的了。二十三年来与我形影不离、意气相投的人已经去世，孩子们并不需要我，我担心自己的郁悒沮丧、黯然神伤的心绪会破坏他们青春的欢乐——就我自己来说，任何东西都不值得去企望、去眷恋了。起初我迁居巴黎，烦闷乏味时就去逛逛商店和博物馆。可是那座城市和我周围的事物显得格格不入，那里的人都用眼睛盯着我的丧服，我受不了他们彬彬有礼的惋惜的目光，所以我总是设法躲开他们，我像吉卜赛人默默地东游西荡。那几个月的时间是怎么过的，我自己也不知道从何说起，我只知道，我老是想死，只是没有力量来促成这个痛苦地期盼的意愿。

"在丧夫的第三年，也就是在我四十二岁那年，自己虽不承认，实际上确是为了逃避毫无价值、可又不能马上就死的时间，我于三月末来到蒙特卡洛。坦率地说，我是因为单调无聊，是因为至少要找些外部小刺激来填补一下那折磨人的、像从胃里泛上来的恶心似的内心空虚才到蒙特卡洛去的。我自己心里越是郁郁寡欢，就越发想到生活的陀螺转得最快的地方去。对没有生活体验的人来说，别人的激情骚动倒犹如戏剧和音乐一样，也是一种精神体验。

"因此我也常常光顾赌场。别人脸上惴惴不安、波涛翻涌地变化着喜出望外或惊恐万状的表情可以激起我的兴趣，同时我自己的心潮也吓人地涨涌和退落。再说我丈夫从前偶尔也逛逛赌馆，但从不轻率从事，我怀着某种下意识的虔敬，忠实地继续着他昔日的那些习惯。在蒙特卡洛的一家赌馆里，我开始了那个二十四小时，它比一切赌博更加激动人心，从此，年年岁岁长久地使我心意迷惘，怅然若失。

"中午，我是同我家的亲戚封·M公爵夫人一起进的餐。晚餐以后我觉得还不疲倦，还不想就寝。于是我就进了赌厅，在赌台之间来回溜达，我自己并没有赌，而是以特殊的方式观察一拨拨聚集在一起的赌客。我说的'特殊方式'是我丈夫在世时有次教给我的。那次我看累了，所以抱怨说，老是盯着同样的面孔，真令人厌倦：在椅子上坐了几小时才敢押上一根筹码的干瘪老太婆，老奸巨猾的赌棍和玩纸牌的娼妓——这帮聚集在一起的臭味相投的无耻之徒，您知道，他们远不像蹩脚小说里所描绘的那样充满诗情画意和罗曼蒂克，也不像小说中所写的那些 fleur d' elegacel[①] 和欧洲的贵族。再说，二十年前赌钱时台上滚动着的是看得见摸得着的现金——沙沙响的钞票、拿破仑金币、厚实的五法郎硬币一起回旋飞舞。那时的赌场魅力无穷，不像今天，在新建的式样时新的豪华赌宫里尽是些透着小市民气的观光客在无精打采地耗费他们手里那些平淡无奇的筹码。那时我觉得这些千篇一律的冷漠的面孔实在没有什么吸引力，我丈夫对手相术非常热衷，后来他就教给我一种特殊的观察方法，那确实比懒洋洋地东站站西伫伫有趣得多，心情也更为激动和紧张。这种方法是：绝不要看脸，而要专门看着桌子的四边，在那儿再专门盯住赌徒的手，只注视这些手的特殊举止。我不知道，您是否曾经偶然单单注视过绿色赌桌，专门注视那绿色的菱形桌面，桌面中央那圆球像醉汉似的蹒跚着一个号码一个号码地滚过去。这期间飞舞的钞票、圆圆的银币、金币等赌注纷纷落入各个方格里，宛如种下的禾苗，随后掌盘人的筢子就像锋利的镰刀，一家伙就把这些禾苗割掉，将其扒拢并收拾起来，成了自己的进账，或者将它们作为礼品，推到赢家面前。你只要调准观察的焦距就会发现，这时

---

① 法语："优雅的花朵"，意为"头面人物"。

唯有那些手才是变幻莫测的。绿色赌台四周的这些手，色泽鲜明，异常激动，都在伺机而伸，都从各自的袖筒里往外窥视着，每只手都像一只猛兽，随时准备蹿出来。手的形状不一，颜色各异，有裸露的，没戴任何饰物，有的戴着戒指和叮当作响的手镯，有的毛茸茸的像野兽，有的卷曲着，湿漉漉的像鳗鱼，但是所有的手都极其紧张，战战兢兢地显得极其焦灼不安。此情此景常常使我下意识地想到赛马场：开赛前得使劲勒住亢奋的赛马，不让它抢跑。那些马也是这样，浑身打战，仰首向上，高抬前足，直立而起。根据手的各种状态，如伺机而动，迅速攫取或戛然而止，对赌徒的状况就会一目了然：贪得无厌者的手握得很紧，挥金如土者的手放得很松，工于心计者的手关节平稳安静，举棋不定者的手关节战栗不已。从抓钱的瞬间姿态上，对人生百态可以一览无余：这一位把钞票抓成一团，那一位神经质地把钞票揉成碎纸，或者精疲力竭地微曲着有气无力的手指，在整个一局中没下一处赌注。俗语说赌博见人品，但是我说：赌博的时候手将人展露得更加清楚。因为所有的，或者说几乎是所有的赌徒一下就学会了驾驭自己面部表

情的本领——在衬衣领子上部戴着一副 impassibilite① 的冷漠
的面具——他们能抑制嘴角的皱纹，咬紧牙齿，压住内心的激
动，不让眼睛里露出一丝不安的神色；他们能抚平脸上暴突的
青筋，不动声色，装出一副优哉游哉的样子。然而，正因为大
家都拼命集中注意力，脸上不露声色，才忘了自己的一双手，
忘了有专门观察手的人。尽管赌徒们微笑着噘起的嘴唇和故作
冷淡的目光竭力想掩饰自己的心曲，可是别人从他们手上已对
他们的一切了如指掌。在泄露秘密这一点上，这种时候手是最
直截了当的。因为总有那么一瞬间，稍一疏忽，那些拼命抑制
住的、看似毫无动静的手指就会一齐张开：在转盘里的小球落
进小格子里，大声报着赢家们号码时紧张到空气都要爆裂的一
刻，这一百只或五百只手就会情不自禁地做出各具个性的、具
有原始本能特征的动作来。要是有人像我这样——我丈夫将他
的此种癖好教给了我——养成在这手的竞技场上进行观察的习
惯，那么就会觉得这些性格各异的赌徒的手一下子做出的各不
相同、出乎意料的动作，远比戏剧和音乐更为扣人心弦。手的
姿态何止千百种，我简直无法向您描述：有的像野兽，伸出毛

---

① 法语：无动于衷。

茸茸的、蜷曲的手指忘乎所以地搂钱；有的手指甲苍白、神经质地哆嗦着，几乎不敢去抓钱；有高贵的和卑贱的，残暴和畏葸的，诡计多端的和老实巴交的——这些手给人的印象各不相同，因为每一双手表达的都是一种特殊的人生，只有那四五双掌盘人的手是个例外。这几双手完全像机器，动作起来就事论事，有板有眼，不偏不倚，极其精确，跟那些生气勃勃的手比起来，它们简直就像是计算器上咯咯作响的钢扣。然而，即使是这几双冷静的手，由于它们在猎人似的亢奋的手之间忙个不停，两相对照又会留下令人吃惊的印象。我要说，这些手单调划一，犹如群众暴动时处于汹涌澎湃、激昂慷慨的人潮中的警察。此外，对我来说还有一种诱惑，那就是要在几天之后熟悉各种手的种种习惯和癖好。数日之后我在众多的手中总会发现一些熟悉的手，并将它们当作人一样分为喜爱的和讨厌的两类：有的厚颜无耻，贪得无厌，令我恶心，所以我总是像是见到下流事一样，赶紧把目光移开。赌台上出现的每一只新手对我来说都是一件大事，都会引起我的好奇——我往往忘了抬头看看那张脸，反正那张脸也不外乎是一副冷冰冰的、毫无表情的社交面具而已，它是从高领中伸出来插在礼服或者熠熠闪光的胸饰上面的。

"那天晚上我走进赌馆,绕过两张已经挤满了人的台子,向第三张走去,并且准备了几枚下注的金币。这时大厅里寂然无声,紧张的沉默像要炸裂似的,这种时刻每逢圆球在轮盘上转得有气无力、只在两个号码之间晃来晃去的时候,总是会出现的。就在这一瞬间我听到正对面传来咔嚓一声,像是折断了手关节,这令我大为惊讶。我不由自主地吃惊地朝对面望去。这时我看见——真的,我吓坏了——两只手,我从未见过的两只手,一只右手和一只左手,像两只横眉竖目的猛兽交织在一起在那里厮拼,互相伸出爪子,朝对方身上狠抓,于是指关节便发出砸核桃时的那种咔嚓声。这两只手美得简直不可思议,长得出奇,又细得卓绝,绷得紧紧的肌肉宛如凝脂,指甲白皙,指甲尖修得圆圆的好似珍珠轮叶。一晚上我一直盯着这双手,对这双出类拔萃的、简直是绝无仅有的手惊讶不已。然而最先令我惊愕不已的是这双手的热情,它所表现出来的狂热的激情,是两只手的手指互相交织在一起痉挛地拧扭而又相互支撑的情景。我马上便知道,这是个精力过剩的人,他正把自己的激情集中在手指尖上,免得自己被它炸成两半。而现在……

这瞬间圆球啪嗒一声落进码格，掌盘人高喊彩门……这瞬间，两只手突然互相松开，就像两只同时被一颗子弹击中的猛兽。两只手一起瘫落下来，确实是死了。这不仅仅是精疲力竭，瘫落的时候清楚地现出一副憔悴、失望、遭了电击、彻底完蛋的样子，这情景我实在无法用语言来表达。我还从未见过、从此以后再也没有见到过表情那么丰富的两只手，它们每块肌肉都是一张倾诉心曲的嘴，可以感到几乎每个毛孔都在发泄激情。随后这两只手在绿色赌台上摊放了一会儿，就像被波涛冲上海滩的水母，扁平，并且没有一点生气。稍后，一只手，是右手，又从指尖上艰难地开始动起来了，它颤抖着，缩了回去，自己转动着，颤颤悠悠，旋转起来，突然神经质地抓起一根筹码，捏在拇指和食指的指尖中犹豫不决地捏滚着，像在玩一个小轮子。突然手背像一头豹，弓了起来，把一百法郎的筹码快如闪电似的掷进，不，简直就是一口吐到了黑格中。这时那只一动不动的左手像是接到了信号，也立刻激动起来了。它抬了起来，悄悄滑向，是爬向那只瑟瑟发抖、仿佛刚才的一掷耗尽了精力的右手。现在这两只手胆战心惊地挨在一起，用腕肘不出声地碰击台面，就像牙齿上下咯咯地打着寒战——没有，我还从来没有见过表情如此丰富、简直像是会说话似的手，从来未曾见过激动和紧张到这副痉挛的样子。我盯着这双瑟瑟发抖、伺机而动、哆哆嗦嗦、胆战心惊的手，简直像着了魔似的，除此之外，我觉得这拱形大厅里的其他一切，无论是各个房间里嗡嗡的喧嚷声，掌盘人那商贩似的叫喊声，还是熙来攘往的人群或者现在高高地弹起又跳进轮盘上圆格之中的小球——所有这些嘤嘤嗡嗡、刺耳地袭击神经的种种飞速变换的印象，突然仿佛全都寂静无声，全不存在了。

　　"不过，这种情景我没有坚持多久，无论如何我要看看这个人，无论如何要看看那拥有这双神奇之手的脸。我怯生生地——是的，真是怯生生的，因为我怕这双手！——让目光循着衣袖慢慢往上移动，到了两只瘦削的肩膀那儿。这时我又吓了一跳，因为这张脸同那双手一样，说着同样毫无节制、想入非非的语言，以同样娇柔的、几乎是女性之美极其顽强地抑制住自己的表情，使之不露声色。我从未见过这样的脸，这样神情专注、沉湎自我的脸。我有着充分的机会，把这张脸当作一副面具，当作一尊没有眼睛的雕像来从容不迫地加以观赏。这对着了魔的眸子一动不动，既不左顾也不右盼：在睁得大大的眼睑下，那乌黑的瞳仁直勾勾地凝视着，像是没有生命的玻璃珠，映出另一个桃花心木色的在转轮圆盘里呆头呆脑、左冲右突地滚动和跳跃的圆球。我不得不再说一遍，我从来未曾见过如此紧张、如此令人神往的脸。那是一位二十多岁的年轻人的脸，窄窄的、很秀气，略长，表情非常丰富。同那双手一样，这张脸也不是十足的男子气的，它更像一个玩得忘形的男孩子的脸——可是所有这些我是后来才注意到的，因为现在这张脸上完全是贪婪和暴怒的神情。窄窄的嘴垂涎欲滴地张启着，露了多半的牙齿，在十步的距离就可以看到牙齿在上下打着寒战，嘴唇则一直呆呆地张开着。一绺浅黄色的头发湿漉漉地贴在额头上，往前耷拉着，像正在摔下来似的，鼻翼在不停地翕动抽搐，仿佛有一阵看不见的小浪涛在皮肤底下汹涌翻腾。探着的脑袋下意识地越来越往前伸，让人觉得，这脑袋也要卷进转盘，随着圆球一起旋转。这时我才明白，那两只手为什么要使劲地按着，因为只有按着，只有使劲按着，才能使将要从中间摔倒的身体保持平衡。我不得不再三说，我从来未曾见过这样的脸，会把其激情流露得如此明目张胆，如此兽性，如此恬不知耻。我紧紧盯着这张脸……它是那么魅力无穷，他那狂迷状态令人如此着魔，就像看到那个旋转的圆球的跳跃和颤动一样。从这一刻起，大厅里其余的一切我全然不再注意了，同这张喷着火焰的脸相比，我觉得大厅里的一切都显得暗淡、迟钝和模糊不清，也许有一小时之久，我谁也没看，单单注视着这一个人，注视着他的每一个姿态：当掌盘人把二十个金币推到他贪婪的手里时，他眼睛里闪着晶亮晶亮的光，本来紧紧抱合着的两只手现在也像是被炸散，手指头也抖抖索索地全都张开了。在这瞬间，他的脸上突然容光焕发，显得非常年轻、滋润，没有了皱纹，眼睛开始炯炯有神，前倾的身体也轻快利索地伸直了——他坐在这里，一下子宛如潇洒的骑手，沾沾自喜和爱不释手地用手指捏着圆圆的金币加以拨弄，将它们彼此弹击，让其戏耍跳动，发出叮当的声响。随后他又心神不定地转过脑袋，朝绿色赌台飞快地巡视一遍，就像一只年轻的猎狗用鼻子东闻闻西嗅嗅，要找出正确的踪迹一样。接着，他突然抓起一把金币，朝轮盘的一角扔去。于是那焦急的期盼和紧张的神态又立即开始了。那电控似的波浪起伏式的抽搐又爬上了他的嘴唇，两只手又互相痉挛般地紧紧抓住，孩子脸消失了，换成了贪婪的期待，直到这抽搐着的紧张突然被炸散，化为失望。刚才还孩子气地兴奋不已的脸憔悴了，变得苍白而衰老，目光呆滞，失去了光泽，而这一切都是在一秒钟之内发生的，是圆球落入他未曾猜中的号码时发生的。他输了：他的眼睛愣愣地瞪了几秒钟，目光几乎是痴呆的，仿佛他对所发生的事全然不解似的。可是一听到掌盘人一声刺激性的吆喝，他的手指又立即掏出几个金币。然而他已没有了把握，他先将金币押在一个格里，随后想了想，又押到另一个格里，圆球已经在滚动了，他突然身子往前一俯，用颤抖的手又将两张捏成一团的钞票飞快地扔进同一个方格中。

　　"这样惴惴不安地来来回回，有输有赢，从不停顿，大约持续了一小时。在这一小时里我一直目不转睛地盯着那张不时变化着的脸，种种激情时而波浪翻滚涌到脸上，时而又像潮水一样退得无影无踪，我着了魔的目光始终紧紧凝视着，连喘息时都没有移开。我的眼睛也没有放过那双魅力无穷的手，手上的每块肌肉像喷泉一样生动地反映出他感情上的起伏跌宕。在剧院里我都从来没有如此神魂颠倒地注视过一位演员的脸，像注视这张脸那样。这张脸上不停地变换着各种色彩和感觉，犹如自然景色的光和影。我从来没有如此全身心来关注过赌局，把别人的喜怒哀乐反映在我自己心里。要是有人此刻注意我，见我呆呆地发愣的样子，准会以为我是受了人家催眠术的戏弄，而我当时正处于十足的迷迷糊糊的状态，也真的同受了催眠差不多——我实在无法把目光从这张不断变换着表情的脸上移开，其他一切，大厅里交织着灯光、笑声、人群和目光的一切，像一片黄色的烟雾围在我的四周，而在黄色烟雾中心的就是那张脸，它是火焰中的火焰。我什么也听不见，什么也感觉不到，我注意不到身边往前挤的人，也注意不到其他像触角似的突然伸到前面来扔钱或者把钱归拾到自己面前去的手；我看不见转轮里的圆球，听不见掌盘人的声音，可是台面上所发生的一切我确实就像在梦里一样在这双手上全都看到了，这双手犹如凹镜，把巨大的激动和亢奋映照得一览无余。因为要知道圆球落入红门还是黑门，是在滚动还是已经停下，这些我都不用看转轮——这张洋溢着激情的脸，脸上的神经和表情就像熊熊烈焰，会把输和赢、期待和失望等变化一一映照出来。

"但是接着就出现了一个可怕的瞬间——我心里一直隐隐约约地在为这一瞬间的出现而担心，它像暴风雨一样高悬于我忐忑不安的神经之上，并且突然将我的神经从中间扯断。转轮里的小球带着轻微的噼啪声在倒着滚来，那一秒钟又闪烁起来了，两百张嘴唇一齐屏住呼吸，直到响起掌盘人的宣布声，这次他唱出的是‘零位格’①，同时他急忙伸出耙子，从四面八方将叮当作响的金币银币和簌簌作响的钞票全部扒拢在一起，就在这一瞬间这双紧紧抓着的手做了一个特别吓人的动作，它们好似突然往上一伸，要去抓住某样并不存在的东西，接着就死一般地疲乏地重新跌落在桌上，但并不是用的自身的力气，而是凭借退回来的重力。可是随后这双手突然又一次活了起来，狂热地从桌上缩回到自己身上，像野猫似的顺着躯干爬上爬下，一会儿左，一会儿右，神经质地伸进每只口袋，看看能不能在某只口袋里再找出一个被遗忘的金币来。然而每次总是空手而回，但两只手还在不断重复这种毫无意义、毫无用处的寻找，这时轮盘已经开始重新旋转，别人的赌博在继续进行，硬币叮当作响，椅子在挪动，由数百种低声细语组成的一片嘈杂声充满大厅。我不得不如此清楚地亲身体会这一切，仿佛是我自己的手指在口袋里和在皱皱巴巴的衣服的褶子里拼命寻找一块钱币。突然，我对面的那个人猛地一下站了起来——就像有

①　即"空门"。是轮盘赌场主所得格。

人突如其来地感到不舒服，便猛地站了起来，以免窒息；他背后的椅子咔嗒一声倒在地上。他连看都没看一眼，也没去理会旁边的人又胆怯又惊讶地避开这位摇摇晃晃的人，自己拖着笨重的脚步离开了赌台。这可怕的一幕使我战栗，我不禁浑身直哆嗦。

"目睹这一情景，我完全惊呆了。因为我立即就明白了，这个人要上哪儿去：去死。这副样子站起来的人不会回旅馆，不会去喝酒，不会去找女人，不会去乘火车，也不会去过另一种生活，而是径直去跃入无底深渊。在这地狱般的大厅里就连最最冷漠的人也准会看出，这个人不会再在家里、在银行里，或者在亲戚那里得到援助了，他方才坐在这里是拿他最后的钱，拿自己的生命来孤注一掷。现在他跟跟跄跄地走了，到别处去了，但肯定是不想活了。我曾一直担着心，从第一个瞬间起我就神奇地感觉到，这里是一场比输赢更高的赌博。这时，当我看到，生活突然从他眼睛里消失，死亡在这张方才还是活生生的脸上蒙上了一层阴影时，一阵黑黑的闪电猛烈地击在了我的身上。此人生动的姿态深深地印在了我心里，所以当他离开座位，蹒跚地走出去的时候，我也不由自主地用手抵着桌子，因为那种蹒跚的样子现在也从他的神态中传到了我身上，正如先前他的紧张心情进入了我的血管和神经一样。我被吸引住了，不得不跟着他。我还没有想好，我的脚已经开始移动了。我谁也没去理会，也没有感觉到自己，就跑到通往大门的走廊上去了。这完全是下意识地发生的，并非我自己所为，而只是发生在我身上罢了。

"他站在存衣处，侍役替他取来了大衣。可是他自己的胳膊不听使唤了。殷勤的侍役像帮一个手臂麻痹的人似的，费了好大的劲，才帮他套上袖子。我看到他机械地将手伸进坎肩的口袋，想给侍役一点小费，但是抽出来的手里仍是空的。这时，他好像突然又想起了一切，狼狈不堪地对侍役结结巴巴说了一句什么话，便完全像先前一样，突然猛地朝前走去，接着完全像醉汉似的跟跟跄跄走下赌馆的台阶，侍役带着先是轻蔑的、随后便是理解的微笑，还朝他背后望了一会儿。

"他的姿态感人至深，我为自己在一旁观看而感到不好意思。我不由自主地走到一边，心里感到害羞，因为我像在剧场的舞台前那样观看了陌生人走投无路的绝望神情。但是后来那种难以理解的恐惧突然又推了我一把，我赶忙叫侍役把我的衣服取来，未去想什么具体的事情，完全机械地，完全是本能地，急忙跟着这个陌生人往黑暗中走去。"

　　C夫人把这件事讲到这里便停了一会儿。她坐在我对面，脸上毫无表情，以其特有的冷静和客观态度娓娓道来，几乎没有停顿，只有心里早有准备，对发生的事情进行了精心组织和整理的人才会如此侃侃而谈。现在她第一次停顿，显得有些迟疑不决，随后她脱离刚才所叙述的事，突然直接对我说：

　　"我曾向您和我自己承诺过，"她开始显得有点不安，"保证极其坦诚地把所有的事实讲出来。可是，我现在必须要求您也要完全相信我的坦诚，不要把我的行为理解成有什么隐蔽的动机，认为也许我今天讲出这个动机就不会感到害羞了。在这件事情上，这种猜测是完全错误的。所以我必须强调，我在街上尾随这位身心已经崩溃的赌客，绝不是因为我爱上了这个年轻人——我根本没有去想他是个男人，事实上我这个当时已经四十多岁的女人，丈夫去世以后从来未曾正眼注视过任何男人。谈情说爱的事对我来说已经彻底结束了。我要对您强调这一点，而且非对您说不可，否则对于后来所发生的事情的可怕性您就难以理解了。当然，另一方面就我来说，当时我非要去跟随那个不幸的人不可，要把这种感情说清楚也是很难的。这里面有好奇心的成分，但是最主要的还是一种可怕的恐惧，或者确切地说是担心发生什么可怕的事，从第一秒钟起我就隐隐约约地感觉到，那件可怕的事像阴云似的正笼罩在这个年轻人身上，但是又不能把这些感觉加以分解和拆散，这种做法之所以不行，是因为这些感觉过于强制性、过于迅速、过于自发，种种因素错综复杂地交织在一起——很可能我所做的完全是救人的本能行为，正如有人在街上看到一个小孩朝汽车跑去，就会马上去把他拉回来一样。或者也许可以这样来解释：自己不会游泳的人在桥上看见一个快要淹死的落水人，就会跟着跳进河里去。他们还没有来得及对自己无谓的冒险壮举做出决定，就受到神奇力量的牵引，被一股意志力推了下去。我当时的情况也是这样，没有思考，没有清醒的考虑，就跟着这个不幸的人出了大厅走到大门口，又从大门口跟下台阶。

　　"我敢肯定，无论是您还是任何一个能用清醒的眼睛来感觉的人当时都不能摆脱这种充满了恐惧的好奇心。那位顶多二十四岁的年轻人走起路来十分吃力，就像老人一样，摇摇晃晃的又好似醉汉，他四肢的关节像是脱了臼、散了架一样，拖着沉重的脚步从赌馆的台阶上下来朝街头绿地走去。见到这副可怕的景象，也就不会有思考的余地了。到了那里，他的身体像一只麻袋似的笨重地跌落在一张长椅上。对于这个动作我再一次感到不寒而栗，我想：这人完了。只有死人，或者全身肌肉没有一点生气的人才会这样跌落下去。他的脑袋斜倚着，往后垂靠在长椅的靠背上，两条胳膊软绵绵地垂到地上，在路灯闪烁着的昏暗微光中，每个过路人都准会以为这是个自杀者。以为这是个自杀者——我无法解释，我心里怎么会突然出现这种幻象，可是这幻象突然站在这里了，看得见、摸得着，非常真切，令人毛骨悚然、胆战心惊。以为这是个自杀者，这一瞬间，我望着面前的这个人，心里绝对确信，他口袋里有支手枪，明天别人就会发现在这长椅上或是另一张椅子上躺着这具气息已绝、鲜血淋漓的躯体，因为他跌落下来的情景完全像一块坠入深谷的石头，中间没有停住，一直摔到谷底。这躯体所表现出来的那种疲惫和绝望的样子，我还从来未曾见到过。

"现在请您想一想我的处境：我站在离长椅二三十步远的地方，椅子上躺着个一动不动、身心崩溃的人。我真不知道该怎么办，一方面意志驱使我走上前去帮助他，但是羞怯

的心理又在将我往后推，不好意思去主动跟大街上的一个陌
生男人说话。街灯暗淡地闪烁着，天空布满阴云，只有屈指
可数的行人打这儿匆匆走过，因为将近子夜了，我几乎是独
自一人在街头花园里同这个颇像自杀的人在一起。五次、十
次，我鼓起勇气朝他走去，每次都被羞涩心理给拉了回去，
或者说也许是被内心深处的这种本能的预感拉回去的：正从
高处摔下去的人总喜欢拽住救助者一起同归于尽。我这样再
三斟酌，反复考虑，自己都清楚地感觉到这种处境既无意
义，又可笑。尽管这样，我还是既不能说话，又不能走开；
既不能做些什么，又不能离开他。我希望，您相信我，我要
告诉您，我在那片绿地上犹豫不决地徘徊了也许有一小时之
久，那是无穷无尽的一小时。这时间是在看不见的海洋波浪
千万次撞击下一点点扯掉的。这个人彻底毁灭的形象竟是如此
使我震撼，使我无法离去。

　　"可是，我始终没有说一句话、做一件事的勇气，后半
夜我真该也这样站着等下去的，或者最后真该让聪明的自私心
理说服自己回家去的。是的，我甚至以为自己已经下了决心，
让这个晕厥的可怜家伙就这样躺在这里，然而这时一股强大的

力量在我进退两难的时候为我做出了抉择。这时下起雨来了。整个晚上海风呼啸，把沉甸甸的乌黑的云刮到一起，让人从肺里、心里感觉到，天空整个低低地压了下来——突然掉下一滴雨点，接着风助雨势，密密的大雨哗哗而下，竟成瓢泼之势。我不由自主地逃到一座商亭的前檐下，虽然撑开了伞，但是这时从坚实的土地激起的泥水仍溅在我衣服上。噼噼啪啪打在地上的雨点弹起带泥的水，溅在我脸上和手上，我感到凉丝丝的。

　　"可是在这瓢泼大雨中，那不幸的怪人仍旧坐在长椅上一动不动，这一可怕的景象，二十年后的今天我回想起来喉咙里还感到梗塞。雨水从所有的屋檐上哗哗地流下来，我听到市内隆隆的车轮声，左边和右边都有人撩起大衣在奔跑；一切有生命的东西都怯生生地蜷缩着，都在躲避、逃跑，都在寻找栖身之所。任何地方，无论是人还是动物，都可以感到他们对这场倾盆大雨的恐惧——唯独长椅上那个黑黑的、像团东西的人纹丝不动。我先前对您说过，这个人具有神奇的法力，能将他的各种感情通过动作和表情生动地表现出来。在滂沱大雨中他纹丝不动，全无感觉地坐着，连站起来几步走到雨水哗哗泼下的屋檐下的力气都没有的那精疲力竭的状态，万念俱灰的心境——世上任何东西也不会像这种情景一样将槁木死灰、彻底自弃以及活人死态表现得如此惊心动魄。这个人活活地任凭大雨浇淋，他精疲力竭，竟懒得动一下来避一避雨。任何雕塑家、诗人，无论是米开朗琪罗还是但丁都不能像这个人那样把万念俱灰的心境，把人间的惨状为我刻画得如此感人肺腑、荡气回肠。

　　"这一景象把我拉了过去，我也没有别的办法。我猛地穿过密集的大雨，用手去摇长椅上那个淋得落汤鸡似的人。'来！'我抓住他的胳膊。他的眼睛吃力地朝上瞪着。他身体似乎想慢慢动一下，但是他没懂我的话。'来！'我再次拽着那只湿漉漉的衣袖，这次我几乎要发火了。他慢慢地站了起来，摇摇晃晃，没有一点意志。'您要干吗？'他问道，我没有回答他，因为我自己也不知道要带他到哪儿去，只要不受冷雨浇淋，只要不再是毫无意义地、自杀般地坐在这里万念俱灰的样子。我抓着他的胳膊不放，拉着这个全无意志的人往前走，一直将他拉到商亭那儿。商亭有一个向前伸出来的窄窄的屋檐，多少可以让他遮挡一下滂沱大雨。下一步怎么办，我不知道，也不想有下一步。只要把这个人拉到干的地方，只要把他拉到屋檐下就行了，以后的事我并没有考虑。

　　"我们两人就这么并肩站在狭窄的、淋不着雨的屋檐下，我们后面商亭的门锁着，我们头上只有一片小屋檐，雨还在没完没了地下，只要突然一阵狂风刮来，冷飕飕的雨水就会狠狠地不断朝我们衣服上、脸上猛袭过来。这种情况真是无法忍受。我可不能老是挨着这个水淋淋的陌生人站着。另一方面，既然我把他拉到这儿来了，总不能一句话都不说就将他撂在这儿。总得想个什么办法呀，我慢慢强迫自己坦率地做一次冷静的考虑。我想，最好是雇辆车先把他送回家，然后我自己再回家——明天他就会知道有人救了他。于是我就问一动不动地站在我旁边愣愣地凝视乌云飞驰的夜空的人：'您住在哪儿？'

　　"'我没有住处……我傍晚时候才从尼查来……要上我那儿去是不成的。'

　　"最后这句话我没有立即听懂。后来我才明白，他把我当作……当作娼妓，当作拉客女了——每天晚上赌馆周围都有成群的拉客女出没，她们希望能从赢了钱的赌客或醉汉身上得些好处。不论他后来是怎么想的，一直到现在我讲给你听的时候，我才感觉到我当时的处境有点邪乎，有点离奇——我把他从长椅上拉走，当然是把他拽去的，这真的不是正当女人的行径，叫他怎能不以为我是娼妓呢。但是当时我没有立即意识到这一点。后来我才开始意识到他对我这个人做出了错误的判断，但是发现这个可怕的误解时已经太晚了。要是早些发现的话，我就绝不会说出下面这句越发增加他的误解的话来了：'那么，就到旅馆里去要个房间吧。您不该待在这里。您现在必须找个地方安顿下来。'

"这句话一出口，我就立即明白了他的那个令人难堪的误解，因为他并没有朝我转过头来，而只是以一种讥讽的言辞加以拒绝：'不用，我不要房间，我什么都不需要了。请你别费劲，从我身上是什么都捞不着的。你找错人了，我已身无分文。'

"这句话又说得那么可怕，他心灰意懒的神态真令人胆战心惊。一个全身水淋淋的、心力衰竭的人在这儿站着，垂头丧气地靠在墙上，这情景使我如此震撼，以致根本无暇顾及自己所受的那点愚蠢的侮辱。我这时感觉到的，同我见到他蹒跚地走出大厅时第一眼的感觉，以及在这难以想象的一小时里不断得到的感觉是一样的：这里的这个人，这个年轻的、活着的、在呼吸的人正处于死亡的边缘，我一定得救他。于是我便走近他。

"'钱您不用担心，来吧！您不能待在这儿，我来给您找个地方安顿下来。您什么都不用顾虑，现在您就来吧！'

"他转过头来。我们四周雨声噼噼啪啪一阵紧似一阵，檐水哗哗地朝我们的脚倾泻下来，这时我感觉到，在黑暗中他第一次竭力想看一看我的面貌。他的身体似乎也在从昏睡中慢慢地苏醒过来。

'好吧，随你的便，'他让步了，'对我来说反正都一样……毕竟嘛，干吗不去？我们走吧。'我撑开伞，他走到我身边，挽着我的手臂。这突如其来的亲昵姿态使我感到很别扭，令我惊慌失措，吓得我直发凉，一直凉到心底。但是，我没有勇气拒绝他。因为，要是我现在把他推开，他就会坠入无底深渊，那么我所做的一切努力和尝试，就都白费了。我们往回朝赌馆走了几步。现在我才想起，我还不知道拿他怎么办呢。我很快地思忖，最好把他领到一家旅馆去，到那儿以后把钱塞在他手里，好让他在那儿过夜，明天乘车回家，其他的事情我没有去想。正好有几辆马车从赌馆门前匆匆驶过，我叫了一辆，我们上了车。马车夫问我到哪儿去，一开始我竟答不出来。不过我突然想起，我身边这位全身湿透、水淋淋的人，好饭店是没有一家肯接待他的——另一方面我真是个不谙世事的女人，压根未往不正经的事上去想，于是我大声对车夫说：'随便找家普通旅馆！'

"马车夫淋着雨，但镇定自若，他把马匹赶得飞快，我身边的这个陌生人一句话都不说，车轮轧轧，雨势急猛，打在车厢的玻璃上噼啪作响。坐在黑暗的、没有灯光的、棺材般的四角形车厢里，我的心情很不好，仿佛我是带了具尸体似的。我极力思索，想找出一句话，好把因默不作声坐在一起而引起的离奇而恐怖的气氛冲淡一些，但是我什么话也没有想出来。几分钟以后马车停住了，我先下车，付了车费，这时那人也恍惚朦胧地下了车，砰的一声关上了车门。我们站在一家陌生的小旅馆门前，我们头上是一个玻璃遮阳，下面的空间由拱形檐盖挡住了雨。这时四周都是单调的雨声，雨水不停地洒向难以捉摸的黑夜。

"那个陌生人受不住自己身躯的重量，所以便不由自主地靠在了墙上，水从他湿透的帽子和皱皱巴巴的衣服上滴滴答答地流下来，他站在那儿，像刚被人从河里救起来的溺水者，神志还是迷迷糊糊的，墙上他靠的那小块地方淋下来的水形成了一条小溪。可是他却不拿出一丁点力气来，把身上抖一抖，把帽子甩一甩，而是让水滴不断从额头和脸上流下来。他站在那儿，对一切漠不关心，我无法告诉您，他那副颓丧的神情使我多么震惊。

"不过，这时我得有点什么表示了。我把手伸进口袋：'给您一百法郎，'我说，'拿去要个房间，明天乘车回尼查。'

"他抬起头来吃惊地望着我。

"'我在赌厅里注意到了您，'我见他迟疑不决，便催促他，'我知道，您把钱输光了，我担心您会因一念之差而做出蠢事来。接受人家的帮助并不丢脸……嗯，拿着吧！'

"然而，他却推开了我的手，我还真没料到他会拒绝。'你是个好人，'他说，'但是，别浪费你的钱了。我这个人已是无可救药了。这一夜我睡不睡，都无所谓。明天反正一切都完了。我已经无可救药了。'

"'不，您一定得拿着，'我逼着他说，'明天您的想法会不同的。现在您先上去，睡上一觉再说。白天万物会有另一种面貌的。'

"我再次将钱硬塞给他，可是他却很猛地推开了我的手。'算了吧，'他再次低沉地重复道，'这是毫无意义的。我还是在外面了结好，免得在这里把人家的房间弄得血迹斑斑的。一百法郎救不了我，就是一千法郎也不顶用。只要身上还有几个法郎，明天我又会进赌场的，不把它全部输光，是不会罢手的。何必重新来一次呢，我已经够了。'

"您一定估量不出，这低沉的声音是怎样深深地震撼着我的灵魂。可是，请您设想一下：离您两寸的地方，站着一个年轻、聪明、有生命、有呼吸的人，您知道，如果不用一切力量让他振作起来，那么两小时之内这个有思想、能说话、会呼吸的青春生命就将变成一具死尸。而要战胜他那毫无意义的抗拒，对我来说不啻发一次大火，激起一阵愤怒。我抓住他的胳膊说：'别说蠢话！您现在一定得上去。要一个房间，明天早晨我来把您送上火车。您必须离开这里，明天必须回家，我不看见您手持车票坐上火车决不罢休。年纪轻轻的，决不能因为输了几百或几千法郎就轻生。那是懦弱，是气愤和懊丧之下的歇斯底里大发作。明天您就会觉得我的话是对的！'

"'明天！'他加重了语气重复地说，声调显得阴郁而带点嘲讽，'明天！要是你知道明天我在哪儿就好了！要是我自己能知道，那也不错，本来我对此就有点好奇呢。不，你回家去吧，别费劲了，不要浪费你的钱了。'

"但是，我不肯让步。我心里像发了疯、发了狂似的。我使劲抓住他的手，把钞票硬塞在他手里。'您拿着钱马上上去！'同时我十分果断地走去拉响了门铃。'得，我已经拉了铃，门房马上就来了，您上去吧，倒在床上就睡。明天早上九点我在门口等您，马上就带您去火车站。其余的一切您都不用担心，我会做出必要的安排，让您能回到家里。可是现在，快上床吧，好好睡一觉，别再胡思乱想了！'

"就在这一瞬间，门上的锁从里面咔嗒一响，门房打开了大门。

"'进来！'他突然说道，声音又硬又坚决，并带着恼怒。我感到，我的手腕被他牢牢攥住了。我大吃一惊……吓得魂飞魄散，全身瘫软，如遭电击，失去了知觉……我想抵抗，想把手挣脱出来……但是，我的意志好似麻木了……我……您是会理解的……我……我羞愧难当，门房在那儿等着，已经显得不耐烦了，我却在门房面前跟一个陌生人扯个不停。于是……于是，我一下子到旅馆里去了。我想说话，想把情况说清楚，可是我的喉咙塞住了……他的手沉重而蛮横地按着我的胳膊……我模模糊糊地感觉到，我不自觉地被拉着上了楼梯……门锁咔嚓一声……突然我在一家旅馆里——旅馆的名字到今天我还不知道——在一个陌生房间里同一个陌生人单独待在了一起。"

　　讲到这儿C夫人又停住了，并且突然站了起来。她的声音似乎不听使唤了。她走到窗口，默默地往外望了几分钟，只是把额头贴在冰凉的玻璃上。我没有勇气仔细朝她看，因为去观察一位情绪激动的老太太，我觉得很尴尬。因此我就静静地坐着，不提问，不出声，只是等待着，直到她以克制的步子重新走回来，在我对面坐下。

　　"好了——最难的部分现在已经讲了。我希望您相信我，现在我要再次向您保证，我可以用一切对我来说是神圣的东西——我的名誉和我的孩子来起誓，直到那一秒钟我脑子里并没想同这个陌生人发生一种……一种关系，我确实没有任何清醒的意志，完全没有一点知觉，好似一脚踩上活动暗门，从平坦的生活道路上突然摔进这个境地。我曾许诺过，对您和对我自己都要说真话，所以我要向您再重复一次，我陷入这次悲剧性的难以启齿的经历，仅仅是由于我救人之心过于急切，不是因为其他的个人感情，因此完全不带个人的愿望，也未曾有过一点预感。

　　"在那个房间里，在那天夜里所发生的事，请容我略去不讲吧。那天夜里的每一分钟我自己从未忘怀，而且永远也不愿忘记。因为那天夜里我在同一个人搏斗，目的是挽救他的生命，我要再说一遍：那是一场关系到生与死的斗争。我的每根神经都千真万确地感觉到，这个陌生人，这个一半已经沉沦的人，拿出一个垂死者的全部眷恋和激情紧紧抓住最后一线生的希望。他像一个意识到自己已经身悬深渊的人，将我牢牢抓住。我振作起全部力量，拿出自己所有的一切去挽救他。这样的时刻一个人一生中或许只能经历一次，而能经历这一次的，千百万人中又只有一个人——要是没有这次可怕的意外遭遇，我自己恐怕永远也不会想到一个心如死灰、穷途末路之人竟会如此热切、如此忘我，以一种无法遏制的贪婪再次畅饮生命的红色甘醇。我远离生活中的邪魔力量已经二十年之久了，要是没有那次可怕的意外遭遇，我恐怕永远也不会理解大自然有时竟会在瞬息之间如此绝妙、如此神奇地将冷和热、生和死、心醉神迷和悲观绝望聚集和压缩在一起。这一次就是这样充满斗争和对话，充满激情、愤怒和憎恨，充满恳求和陶醉的泪水，我觉得这一夜像是过了一千年，我们两人紧紧缠绕在一起，心醉神迷地一起堕入深渊，一个兴奋得死去活来，另一个极乐之中没有了感知，俩人从这场致命的狂风暴雨中解脱出来以后都变了，完全变了，思想、感情都不一样了。

　　"不过，这些我不愿讲了。我不能够、也不愿意来描述这一切。只有早晨我醒来时极其可怕的第一分钟我必须简略地向你提一提。我从未曾有过的疲惫不堪的沉睡中，从深沉的黑夜中醒来，过了很久我才睁开眼。睁眼看到的第一件东西，就是我顶上的一片陌生的屋顶，眼睛继续一点一点地看下去，又发现一个完全陌生、从未见过、令人生厌的房间，我压根不知道，自己是怎么进到这个房间里来的。起初我竭力说服自己，说这还是一个梦，一个相当清醒而透明的梦，我是从蒙眬的沉睡中进入梦境的，然而灿烂的、确确实实的阳光已经刺眼地照到了窗前，这是早晨的阳光，楼下不断传来辘辘的马车声、叮当的电车声和嘈杂的人声——现在我明白了，我不是在做梦，而是醒了。我不由自主地坐了起来，想好好思索一下，就在这时……我目光往旁边一转……就看见——我永远无法对您描述出我的惊骇——这张宽床上有个陌生人睡在我身边……是陌生的，陌生的，陌生的，是个半裸的、不相识的人……

"不，我知道，这种惊骇是无法描述的：我一下吓得魂不附体，浑身无力地倒了下去。但是这不是真正的晕厥，没有不省人事，正相反：在闪电般的瞬息之间我一切都明白了，既清清楚楚，又无法解释。我突然发现自己同一个完全陌生的人睡在一个极有可能是下流场所的一张陌生的床上，心里的厌恶和羞愧真是难以言说，当时我只有一个愿望：去死。我还清楚地记得，当时我的心跳停止了，我屏住呼吸，仿佛这样就可以扼杀自己的生命，尤其是自己的意识，那清晰得令人胆怯的意识，那一切都知道，但又什么都不懂的意识。

"我永远不会知道，我这样四肢冰凉地躺了多久——死人大概也是这样僵直地躺在棺材里的。我只知道，我双眼紧闭，默默向上帝，向天上的神灵祈祷，但愿这一切都不是真的，全不是真的。但是我敏锐的知觉现在再也不容欺骗，我听见隔壁房间里有人说话，听见有人用水时的哗哗声，外面走廊里有走动的脚步声，每一种声音都无情地证明了一个残酷的事实。我的知觉是清醒的。

"这可怕的状态究竟持续了多久，我说不清楚。那时候每一秒钟都与从容不迫的生活时间不同，那每一秒钟都另有自己的计时标准。那时另一种恐惧，那突如其来的、令人魂飞魄散的恐惧袭上我的心头：这个陌生人，这个我不知道名字的陌生人现在大概要醒了，大概要跟我说话。我立刻明白我只有一条路可走：在他醒来之前穿好衣服逃走。永远不再让他看见我，永远不再跟他说话。及时拯救自己，走，走，走，回到自己的生活中去，回到我的旅馆去，马上乘下一班火车离开这个可耻的地方，离开这个国家，永远不再碰上他，永远不再看见他，没有证人，没有起诉人，也没有知情人。这个想法使我慢慢从晕厥中清醒过来。我极其小心翼翼地用小偷常用的蹑手蹑脚的动作，一寸一寸地挪动身体（只是为了不弄出响声来），下得床来，摸到我的衣服。我小心翼翼地穿上衣服，因为怕他醒来，我每一秒钟都在发抖。现在我已经穿好衣服，这件事算成了。只是我的帽子在另一边的床脚下，现在我踮着足轻轻走去拾起帽子。可是在这一秒钟里我却无法把持自己：我一定要朝这个陌生人的脸瞥上一眼，朝这个像陨石似的坠入我生活中的陌生人看上一眼。我只要看上一眼就行了，但是……很奇怪，这个躺在那儿酣睡的陌生的年轻人——对我来说确实是陌生的——我第一眼所见的竟不是昨天那张脸了。这个情绪激动到极点的人，由于受激情的折磨，脸上呈现的那种恍惚迷离、痉挛抽搐和紧张不安的表情现在好似全都抹掉了——这儿的这个人的容貌完全不一样，他的脸显得天真和孩子气，焕发着纯洁和快乐。这两片嘴唇，昨天是用牙齿紧紧咬住的，这时在梦里温柔地微微张启，而且挂着一缕微笑；一丝皱纹也没有的额上柔软地垂下松散的金发，安详的呼吸似轻波细纹从胸部扩散到全身。

"您也许会记得，我先前对您说过，我还从来没有如此强烈、如此毫无顾忌地像盯着观察赌台上的那个陌生人那样观察过一个人所表现出来的贪婪和激情。我要告诉您，我从来没有，就是在孩子身上——襁褓中的婴儿有时身上有一种天使般快乐的光泽——也没有见到过他在真正幸福的酣睡中所呈现的这种焕发着纯洁光辉的表情。这张脸宛如精妙绝伦的雕像，将他所有的情感表现得淋漓尽致：摆脱了内心重压的那种幸福快乐的舒坦感，一种解脱感，一种得救感。看到这副令人惊异的神态，我的全部惊吓和恐惧就像一件沉重的黑大衣，从我身上掉了下来——我不再感到羞愧，不，非但不再感到羞愧，反而几乎感到喜上心头了。原来那种恐怖的、不可捉摸的东西，对我来说突然有了意义，这个柔嫩、漂亮的年轻人，这个像鲜花一样快乐而沉重地躺在这里的年轻人，要是没有我的奉献，他将摔得粉身碎骨，血迹斑斑，鼻青脸肿，眼珠暴突，面目全非，气断命绝，躺在悬崖脚下。我救了他，他得救了，一想到这些我就心里乐滋滋的，感到骄傲。现在我带着母爱的目光——我无法用别的说法——朝这个躺着的人望去，我再次把他生了出来，给他以生命——我生他的时候比生自己的孩子痛苦要大得多。在这间陈旧的、污秽不堪的屋子里，在这家令人恶心的、油腻腻的临时旅馆里，我有一种宛如在教堂里的感觉——您听了这话会觉得很可笑——一种奇异和神圣之感。现在我心里生出了姐弟之情，我一生中最最可怕的一秒钟，变成了令人惊异、令人倾倒的第二个一秒钟。

　　"我动作的声音太大了？我情不自禁地说了什么话？我不知道。突然那个酣睡的人睁开了眼睛。我吓得连忙后退。他诧异地环顾四周——同我自己先前一模一样，仿佛他是从无底深渊和杂乱的迷惘中费尽力气爬上来的。他的目光吃力地扫视这间陌生的、未曾见过的屋子，随后惊讶地落在我身上。但是没等他说话，没等他完全回忆起来，我就镇定自若了。不能让他说话．不能让他提问，不能让他有亲昵的表示，昨天和昨天夜里的事不该重演，不做解释，也不去谈。

"'我现在得走了，'我立即向他表示，'您留在这儿，穿上衣服。十二点钟我在赌馆门口等您，在那儿我会把其余一切事情都安排好的。'

"没等他回答，我就逃了出去，不愿再看到那间屋子，我头也没回，就奔出旅馆。旅馆的名字我不知道，正如不知道那个我同他在这里过了一夜的陌生男人的名字一样。"

C夫人停下来歇了口气。但是所有的紧张和痛苦都从她声音里消失了。就像一辆马车，费尽力气艰难地爬上山顶，然后就从山顶轻轻松松地飞速驰向山腰，现在她就是这样以轻松的语调继续说下去：

"就这样，我急忙跑回自己住的旅馆。街上晨光明亮，夜里的暴风雨已将沉闷阴郁的天空荡涤得一干二净，就好似令我受尽煎熬的感情已从我心里冲刷干净。您一定记得我先前对您说过的话：自从丈夫过世以后，我对自己的生活已经完全不抱奢望，孩子们不需要我，我自己也觉得活着没有意思，活着不能达到某个目的，生活本身就是一个谬误。真是意想不到，现在居然有个任务落在了我身上：我救了一个人，竭尽全力把他从毁灭的边缘拉了回来。现在还有一件小事要做，得把这件事做完。所以我就跑回我的旅馆：门房见我早晨九点钟才回来，所以用惊讶的目光打量着我——对于已经发生的这件事，我思想上已经不再感到羞愧和恼怒的重压了，生的愿望突然重新复苏，出乎意外地获得一种必须活下去的新的感受。这些新的感觉融进了我的血液里，温暖地流遍全身。我在房间里匆匆换了衣服，下意识地脱下身上的丧服（这事我后来才注意到），换上一件色彩明快的衣服，到银行去取了钱，风风火火地赶到车站，问明了列车行车时间。此外我还办了几件别的事，赴了几处约会，我行动之果断连我自己都感到吃惊。现在没有别的事要办了，只等将命运扔给我的那个人送上火车，把他最终挽救过来。

　　"当然，要直接面对他，这需要力量。因为昨天的一切都是在黑暗中，在感情的旋涡里发生的，就像被山洪冲下来的两块石头，突然撞击在一起。我们彼此几乎没有面对面地认识过，那个陌生人是否还会认得我，对此我一点没有把握。昨天——那是事出偶然，是心醉神迷，是两个糊涂人的走火入魔，但是今天我得比昨天更为公开地在他面前暴露自己了，因为我现在不得不在无情的光天化日之下以我本人，以我的本来面目作为一个活生生的人走到他面前去了。

　　"不过，一切都比我想的要容易得多。在约定的时间，我还没有到赌馆门口，一位年轻人就从长椅上一跃而起，急忙朝我走来。他那惊异的神情，他那每一个胜过语言的动作完全出自本能，显得多么稚气，多么率真和喜悦。他简直是飞奔过来的，眼睛里流露出既感激又崇敬的快乐之光，但是他的眼睛一觉察到我的眼睛在他面前不知所措的样子，便立即谦恭地垂了下来。这种感激之情在一般人身上很难感觉得到，而且心怀最最感激之情的人往往无法表达出来，他们总是尴尬地沉默不语、羞愧不已，为了掩饰他们的感情，往往欲言又止。上帝好似一位神秘的雕塑家，将这个人的感情姿态表现得极为性感、优美、生动，在他身上感激之情的流露十分炽烈，他的体内像是有一股激情在迸发出来。他朝我的手弯下腰，谦恭地垂下轮廓清瘦的孩子式的脑袋，十分尊敬地吻了一分钟，但是嘴唇仅仅触到我的手指，接着便退后一步，问我身体怎么样，亲切地望着我，他的每一句话都很有礼貌，又极为得体，因此几分钟之后我心里最后的一点惶恐不安也消失得无影无踪了。四周的景物全都着了魔，好似镜子一样映照出我开朗的心情：昨天还是怒涛汹涌的大海，现在明澈而平静，细浪之下每粒沙石都在朝我们闪烁着白灿灿的光辉；那家赌馆，那恶魔聚集之所，在清扫得干干净净的、锦缎似的天空下色彩明朗；那个亭子，昨天下着瓢泼大雨的时候我们曾在其屋檐下躲避，现在已经开启，是一家花店，那里摆放着一束束、一簇簇鲜花，白的，红的，绿的，色彩缤纷，斑斓杂陈，卖花的是位年轻姑娘，她身上的衬衣色彩极为鲜艳。

　　"我请他到一家小餐馆去吃午饭，在那里这位陌生的年轻人对我讲了他悲剧性的冒险史。他的冒险史完全证实了我在绿色赌台上看到他那双神经质地瑟瑟发抖的手时所做的第一个揣测。他出身奥地利波兰贵族家庭，这确定他将来要在外交界求个锦绣前程，一直在维也纳上学，一个月前他以优异的成绩通过了初考。学习期间他住在叔叔家。他叔叔是总参谋部的高级军官，为了庆祝考试成功，并作为对他的奖励，叔叔叫了一辆马车，把他带到普拉特①，俩人一起来到赛马场。叔叔赌运亨通，接连赢了三次。随后他们拿着厚厚一沓白赚的钞票，到一家豪华饭店去大吃了一顿。第二天，这位未来的外交官就收到为奖励他这次考试胜利而寄来的一笔钱，数额相当于他一个月的生活费。要是在两天前，这笔钱对他来说还是个相当可观的数目，可是现在，在那次轻而易举就赢了那么多钱之后，这点钱他就看不起了，觉得它微不足道。这样，吃过饭他又坐马车去赛马场，兴头十足地放手大赌一场。他居然福星高照——或者更应该说是厄运临头——到赛完最后一场马离开普拉特公园时，他的钱数已经增加了三倍。从此以后他赌兴大发，时而赛马场，时而咖啡馆，或者俱乐部，耗费了自己的时间，荒废了学业，损坏了神经，尤其是耗掉了金钱。他再也不能思考，夜里也不能安眠，他甚至无法控制自己。有一天夜里，他在俱乐部里输光了钱回到家里脱衣服时发现背心口袋里还有一张忘记的已经揉成一团的钞票，他忍不住，便又穿上衣服，到外面东转西晃，最后在一家咖啡馆里找到几个玩多米诺骨牌的人，便

① 普拉特是维也纳著名的公园. 内有规模巨大的游乐场。

坐下来同他们一直赌到天明。他的一位已经出嫁的姐姐接济过
他一回，替他偿还了高利贷借款。高利贷者见他是名门贵族的
继承人，所以都乐意把钱贷给他。有一阵子他曾赌运亨通，可
是后来手气又不好，连连输钱，颓势怎么也阻挡不住，而且输
得越多，就越是渴望大赢一次，好支付尚未偿还的债务和以名
誉担保一定按时还清的借款。他早就把钟和衣服当掉了，最后
竟发生了这么件令人惊骇之事：他偷了老婶婶的两枚花骨朵状
的钻石大耳环。这两枚耳环他婶婶很少戴，是一直放在柜子里
的，其中的一枚他以高价当了出去，当天晚上拿这笔钱去赌就
赢了四倍。但是他没有去赎回耳环，而是将所有的钱拿去孤注
一掷，结果输得一干二净。直到他离开维也纳的时候，他的偷
窃行为尚未被发现，于是他又把第二枚耳环当掉，这时突然心
血来潮，便坐上一列火车来到蒙特卡洛，想在轮盘赌上发一笔
他梦寐以求的大财。在这里他卖掉了皮箱、衣服、雨伞，现在
他身边只有一支装了四发子弹的手枪和一个镶嵌着宝石的小十
字架，这是他的教母 X 侯爵夫人送他的，他一直舍不得出手，
除此之外，他已别无他物。但是，就连这个十字架他也在下午
以五十法郎卖掉了，只是为了晚上最后一次去寻求那令人震颤

的欢乐，再去做一次生死搏斗。

"他把这一切讲给我听的时候，神态优美，极具魅力，他的气质活泼生动，灵气十足。我听着，心里感到震撼、着迷、激动，然而我并没有因为与我同桌的人本是小偷而愤怒，不，这个想法我片刻都没有出现过。作为女人，我的一生从未有过些微污点，在社交场合总是要求保持最严格的传统尊严，倘若昨天有人即使只是对我暗示，说我将会跟一个完全陌生的年轻人，一个比我儿子大不了多少而且偷过珠宝耳环的人亲密地坐在一起，那我定会把他看作疯子的。可是听着他的叙述，我一点没有惊骇之感，这一切他说得那么自然，而且带着那么一种激情，使人觉得他讲的是一个高烧病人的行为，而不是什么令人气愤之事。再有：谁像我一样昨天夜里亲身经历了那种激流飞泻似的出人意料的事，那么'不可能'这个词就突然失去了它的意义。在那十小时里，我对现实的了解比先前以市民方式度过的四十年要多得不知多少。

"可是，在他对自己做的那些事进行坦白的时候，却有另一种东西令我惊慌不安，那就是他眼睛里火一般的光亮。他一谈到自己对赌钱的热衷，眼里便熠熠生辉，脸上的所有神经像通了电一样颤动不已。他在讲这些事的时候，自己还异常激动，表情丰富的脸上极其清晰地再现了当时欢喜或痛苦的种种紧张神态。他的两只手，那两只奇妙的、细长而灵活的、神经质的手同在赌台上一样，又不由自主地开始变得像或追逐或逃遁的猛兽。我看见他说着说着，两只手就突然从指关节往上剧烈地颤抖，拼命蜷曲起来，紧攥拳头，接着手指突然重新弹开，随后又互相交叉，紧紧抱成一个拳手。他在坦白出偷耳环这件事的时候，两只手闪电般地向前伸去（我不禁吓了一跳），飞快地做了一个偷东西的动作：手指十分利索地朝耳饰张开，将东西匆匆一把攥在拳头窝里，这一切我都看得真真切切。我感到一种无名的震惊，看出这个人身上的每一滴血都中了他自己激情的毒。

"一个年轻、爽朗、生来就是无忧无虑的人竟会可悲地屈从于一股迷糊滑稽的热情，他的叙述中令我如此震撼和吃惊的仅仅就是这一点。因此，我认为自己首要的职责就是友好地规劝我这位不期而遇的被保护人，劝他必须立刻离开蒙特卡洛，离开这个具有最危险的诱惑的地方，趁现在丢失耳环之事尚未被发现，自己的前程尚未永远断送之时，今天就回家去。我答应给他回家的路费和赎回耳饰的钱，当然有一个条件，只有一个条件，他今天就要走，并且要以他的名誉向我起誓，永远不再碰纸牌，也不进行其他赌博活动。

"我永远不会忘记，这位落魄的陌生人听着我说时，起初情绪何等沮丧，随后心情逐渐开朗，满怀着热烈的感激之情，当我答应帮助他的时候，他像是要把我的话吮进肚里似的。突然，他的两只手从桌面上伸了过来，抓住我的双手，姿势像是在礼拜和神圣地许愿，令我难以忘怀。他明亮的、通常有些许迷惘的眼睛里含着泪水，快乐和兴奋使他全身激动得直打哆嗦。我常常试图向您描画他独一无二的表现姿态的能力，但是我无法将这种姿态描述出来，因为他表现的是一种极度兴奋的、超越尘世的幸福境界，我们几乎不可能在一般人的脸上见到，只有当我们从梦中醒来，以为在自己面前见到了已经消失的天使的面庞，这时，唯有天使的那片白影才可与他的姿态相比。

"何必隐瞒呢？我经受不住他的目光，他的感激令我高兴，因为这样的感激我们很难见到，温柔的感情让人感到愉悦和舒适。对我这个沉稳、冷静的人来说，那种洋溢的感情确实是一种惬意的、简直是令人喜悦的新感受。再有，自然景物经过昨夜那场大雨，也随着这个心力交瘁的人一起神奇般地苏醒了。我们从餐馆出来时，平静安谧的大海璀璨地闪闪发光，蔚蓝的海水连接天际，在高空的蓝天上只有海鸥在展翅翱翔，点点白影映衬在天空的蔚蓝之中。里维埃拉的风光您是熟悉的。那里的景色永远是美丽的，但却显得平淡，像风景画片一样，映入我们眼帘的是永远浓重的色彩，是一个慵倦的睡美人，她镇定自如地任人浏览欣赏，永远是一副东方式的百依百顺的样子。但有时候——那是极少的——这里也有那么几天，这时美人站起来了，露出了尊容，她色彩鲜艳，熠熠闪光；这几天她使劲向人高声呼唤，并怀着胜利的心情把五彩缤纷的鲜花抛向人们；这几天她热情炽烈，欲火如焚。在经历了那个风雨交加的黑夜和惊涛骇浪的混沌之后，那天也正是这么一个令人振奋的日子，街道被冲洗得干干净净，天空湛蓝高远，树木经雨苍翠欲滴，丛丛灌木到处鲜花怒放，宛如万绿丛中点燃的簇簇火把。空气清凉，阳光灿烂，群山显得清新明亮，好似突然向前走来了，纷纷好奇地挨近这座闪光发亮的小城。我放眼四望，突出地感到大自然的挑战和激励，觉得自己的心也不由自主地被大自

然夺去了，于是就说：'我们雇辆马车，到海边去兜兜风吧。'

　　"他兴奋地点点头。这个年轻人好像到这儿以后还是第一次观赏自然风光。在此之前，他只知道那潮湿而带霉味的赌厅，那儿散发着一股恶浊的汗酸气，拥挤着丑恶而扭曲的人群；他知道的再就是乖戾、灰暗、喧嚣的大海。现在，洒满阳光的海滩像一把打开的巨扇展现在我们面前，我遥望远处，顿觉赏心悦目。我们坐在缓缓行驶的马车上（那时还没有汽车），欣赏沿途旖旎的风光，经过许多别墅，碰到不少人的目光。每次驶过一幢房子，经过一座掩映在意大利五针松的绿荫下的别墅，我会千百次地在心里浮现一个秘密的愿望：但愿能生活在这儿，宁静、平和、远离尘嚣！

　　"我一生中曾经有过比那个时候更幸福的时刻吗？我不知道。在马车里，这个年轻人坐在我身边，昨天他还处在死亡和厄运的魔爪里，奇怪的是，现在倾泻下来的金色阳光洒满了他的全身，似乎好些年岁月从他身上消失了。他好像完全成了一个孩子，成了一个漂亮的、在戏耍的孩子，有一双纵情的、同时又是心怀敬畏的眼睛。他身上最使我着迷的要数他那灵活敏感、善解人意的柔情了：车子爬的坡太陡，马很吃力，他便敏捷地跳下去，在一侧帮着推车。我提到一种花，或指了指路边的某种花，他就急忙跑去摘了来。见到一只被昨夜的雨引诱出来的小蟾蜍在路上艰辛地爬着，他就去将它捧起来，小心地送到青草丛中，以免他身后驶来的马车将它碾碎。这期间他还兴致勃勃地讲了一些令人捧腹大笑，而又很雅致的奇闻逸事。我相信，这笑声是对他的一种拯救，因为他突然感情充溢，欣喜若狂，如痴如醉，要不大笑一阵，他必定会唱歌、蹦跳或干出什么傻事来的。

　　"后来，我们的马车爬上一个高坡，缓缓驶过一个很小的村子。经过村子的时候，他突然很有礼貌地摘下帽子。我感到有点惊讶：这位外国人当中的外国人，在这里他在向谁致敬呢？得知我的疑问，他的脸微微有点红，几乎像道歉似的向我解释说，我们刚才经过一座教堂，同所有教规严格的天主教国家一样，在波兰从小就培养他们，见到任何教堂和圣殿都要行脱帽礼。对宗教的这种美好的崇敬态度令我深为感动，同时我也想起了他说到过的那个小十字架，所以就问他是否信教。他略现羞赧的样子谦逊地说，他信教，并希望得到上帝的宽宥。听了他的话，我突然心生一念：'停车！'我朝马车夫喊道，并且急忙下了车。他跟着我，感到很诧异：'我们到哪儿

去？'我只是回答：'您一起来。'

"他陪我走回教堂。这是一个砖砌的乡村小圣堂。内墙四壁刷着石灰，颜色发灰，墙上是空的，圣堂的大门开着，一束黄色的光射进昏暗的圣堂，四周的暗影凸现出蓝色的祭台。圣堂里香烟缭绕，祭台上点着两支蜡烛，朦胧中烛光闪动，犹如两只蒙着面纱的眼睛。我们走进圣堂，他脱下帽子，把手伸进涤罪缸的水里去浸了浸，拿出来画了个十字，随后便屈膝跪下。他一站起身，我就将他抓住。'您过去，'我催促他说，'到祭坛前或者到您所敬仰的神像前去，在那里起个誓，誓言我马上就说给您听。'他诧异地、几乎是吃惊地望着我。但他很快就明白了我的意思，他走到一座神龛前，画了十字，顺从地跪了下去。'您跟着我说，'我说，自己都激动得颤抖了，'您跟着我说：我起誓——''我起誓，'他重复着说。我继续说下去：'我永远不再参加任何形式的赌博，永远不再把自己的生命和名誉断送在这种嗜好之下。'

"他颤抖着重复了这些话，清晰而响亮的声音回响在空空荡荡的圣堂里。接着便是片刻的寂静，静得连外面微风吹过、树叶发出的簌簌声都能听得见。突然，他像个忏悔者似的扑倒在地，以一种我从未听到过的狂热的声音说了一番我听不懂的波兰话，他的话说得极快，快得连前后的字句都混在一起了。这一定是狂热的祷告，是感激和悔恨和祷告，因为他忏悔时感情非常激昂，一再谦恭地低下头，低得都触到圣案了，他越来越狂热地重复着那外国话语，越来越激动地重复着同样的、以无法形容的热情说出来的话。在这以前和以后，我从未在世界上任何一座教堂里听见过这样的祷告。他的双手紧紧抓住木质的祷告桌，显得有点局促，他内心的风暴刮得他全身不住地晃动，使他时而抬起头来，时而又伏倒在地。他什么也看不见，也感觉不到：他好似在另一个世界，在炼狱里转化，或者在朝神圣的境域飞升。最后，他慢慢站立起来，画了十字，吃力地转过身来。他的两膝还在发抖，面容苍白，像虚脱一样。可是，他一见到我，两眼便炯炯有神，一丝纯真的、真正虔诚的微笑使他阴郁的脸庞也开朗了。他走过来，深深地鞠了一个俄国式的躬，抓着我的两只手，十分崇敬地用嘴唇贴了贴：'是上帝派您到我这里来的。为此，我已经谢过了上帝。'我不知说什么好。我真希望，这时圣堂里的矮椅子上空会突然响起管风琴奏出的音乐，因为我觉得，我一切都成功了——我已经永远挽救了这个人。

"我们从教堂出来，回到五月天灿烂的阳光下，我觉得世界从来都没有这般美丽过。我们的马车继续沿着丘陵起伏的路缓缓驶了两小时，我们坐在车里俯览全景，尽情观赏旖旎的风光，每转一个弯都别有洞天，就是另一番景色，然而，我们不再交谈了。在付出了那么多感情之后，现在似乎想减少每一句话。每当我与他的目光偶然相遇时，我总不得不难为情地避开他的目光：看到我自己创造的奇迹，对我的心灵震撼太大。

"下午五点左右，我们回到了蒙特卡洛。我同亲戚有个约会，现在要取消已不可能了，我还得去赴约。本来，我心里很想歇一会儿，舒释一下绷得太紧的感情，因为幸福来得太多了。我觉得，这种过分狂热的状态，这种心醉神迷的状态，类似的情况我一生中还从未经历过，我必须得歇一会儿。所以，我就请这位被我保护的人跟我到我的旅馆去一趟，只要一会儿就行。到了旅馆，我就在我的房间里把路费以及赎耳环的钱交给他。我们商定，我去赴约，他去买车票；晚上七点钟我们在车站大厅里会面，就是说在开车前半小时，随后火车将把他经由日内瓦送回家。当我把五张钞票递给他时，他的嘴唇突然奇怪地发白了：'不……不要钱……我请您别给我钱！'他的手指神经质地哆嗦着，慌慌张张地缩了回去，从牙缝里挤出这两句话来。'不要钱……不要钱……不能见到钱。'他又重复了一次，显出极其厌恶和恐惧的神情。见他这副羞愧的样子，我就安慰他说，这些钱就算是借的吧，要是他觉得拿了钱心里过意不去，他可以写张借条给我。'好的……好的……写张借条，'他把目光移开，嘴里喃喃自语，并将钞票折叠在一起，看都不看一眼就塞进了口袋，仿佛那是什么黏黏糊糊的东西，会弄脏他的手似的，随后就在一张纸上潦潦草草地写了几句话。他写好借条，抬起头来，额头上大汗淋漓，仿佛体内有什么东西在冲上来扼住他的脖子似的。他把那张借条往我手里一塞，全身一阵哆嗦，突然——我吓得不由自主地往后退了一步——他跪了下去，捧起我的裙子，连连吻着裙上的镶边，那样子真是难以描述。我受到强烈的震撼，全身不住地战栗起来。这时我心里升起一阵奇怪的惊恐，心乱如麻，只能结结巴巴地说：'您这么感激，我倒要谢谢您。不过，请您现在就走吧！晚上七点我们在车站大厅里再告别。'

"他望着我，感动得眼里噙着晶莹的泪水。有一瞬间我以为他要说些什么，有一瞬间他仿佛要靠近我。然而，随后他却突然再次深深地、深深地鞠了一躬，便离开了我的房间。"

C 夫人又中断了叙述。她站起来，走到窗前，眼望窗外，纹丝不动地站了很久：从她剪影似的、轮廓清晰的背上我看到些微轻轻的战栗和晃动。突然，她果断地转过身来，一直静静的、没有什么表示的两只手突然做了个剧烈的切割动作，像是要把什么东西撕碎似的。接着，她坚定地、几乎是勇敢地望着我，突然又开始了她的叙述。

"我曾向您许诺，保证做到绝对坦率。现在我看出，这个诺言是多么必要。因为只有现在，我逼着自己第一次按照事情的前后联系来描述那一时刻的全部经过，并且找出明晰的词句来表述当时那种错综复杂、紊乱不堪的感情，只有现在我才清楚地认识到许多我当时不知道，或者是也许当时我不想知道的事。因此，我要坚定、果断地向自己，也是向您吐露真情：当时，在那个年轻人离开房间、只剩下我只身一人的一秒钟里，我感到心上受到了猛烈的撞击，好似突然晕厥过去一般。有什么东西使我痛不欲生，可是我不知道，或者说我不想知道：受我保护的人那毕恭毕敬的态度本来是感人至深的，何以对我的伤害会那么深，令我痛苦万分？

　　"可是现在，因为我逼着自己坚定地、有条有理地把过去的一切当作别人的事一样统统从我心里掏出来，也因为您这位见证人不容许我有丝毫隐瞒，不容许令人羞愧的感情有藏身之所，我这才明白，当时我之所以会如此痛苦，其实是因为失望……使我感到失望的……是这位年轻人竟如此顺从地走了……并没有想抓住我，留在我身边……他竟恭顺而敬重地服从了我要他坐车回家的初愿，而没有……没有企图把我拉到他身边……我感到失望的是，他只是把我敬为出现在他生活道路上的圣女……而没有……没有感觉到我是个女人。

　　"这就是我当时的失望……是我不肯承认的失望，当时不承认，后来也不承认，然而，一个女人的感觉是无所不知的，不需要语言和意识。因为……现在我不再继续欺骗自己了——如果这个人当时把我搂着，当时要求我，我定会跟他走到海角天涯，定会玷污我和孩子的姓氏……我定会不顾人们的非议和自己内心的理智，跟他远走高飞，就像那位亨丽埃特夫人跟着一位她一天前还不认识的法国青年一起私奔一样……我一定不会问，到哪儿去、去多久，对于自己以前的生活我也不会回头去看一眼……为了这个人，我一定会把我的钱、我的姓氏、我的财产、我的名誉全都牺牲掉……我一定会去乞讨，或许世界上任何低下的地方他都会把我领了去。我定会将人们称之为羞耻和顾虑的一切统统抛弃，他只要说一句话，朝我走近一步，他只要试图抓着我，那么，在这一秒钟里我整个就是他的了。可是……我向您说过……此人举止异常，他望着我，不再用看女人的目光来看我了……我对他的热情燃得多么炽烈，多么渴望委身于他啊！可是，只是在我只身一人时，只是在那股被他开朗的、简直是天使般的脸掀得高高的激情在我心里退落下来，并在空虚寂寞的胸中不住起伏的时候，我才感觉到这一点。我费劲地振作起精神，那个约定成了我的负担，令我备觉反感。我觉得，我头上仿佛扣了一顶又重又紧的钢盔，压得我直摇晃。当我终于走到另一家旅馆我亲戚那儿时，我的思绪松散凌乱，就像我的脚步一样。在亲戚那里我沉闷地坐着，别人都在进行热烈的谈话，我心里却在不断地担惊受怕，我偶尔抬起眼睛，注视他们毫无表情的脸，比起那张像天上的云层忽亮忽暗、变幻莫测、生动无比的脸来，我觉得这些人的脸就像戴了面具或冻僵了似的。我仿佛坐在死人当中，这次聚会竟是如此恐怖，毫无生气，我一边往咖啡杯里放糖，一边心不在焉地同别人应酬，而那张脸却像被我熊熊灼燃的热血推了上来，时时浮现在我心头。观看这张脸就成了我最大的快乐。想想实在可怕，一两小时之后该是我最后一次见到他了。我不由得下意识地轻轻叹息，或许还发出了呻吟声，因为我丈夫的表姐突然弯下腰来问我怎么样，是不是不太舒服，说我的脸色苍白，呼吸急促。她这一问倒使我立刻毫不费劲地找到了一个借口，我说，折磨我的实际上是偏头痛，所以请她允许我悄悄地先行离开。

　　"我这样一脱身，就刻不容缓地奔回我住的旅馆。一进屋子只有自己独自一人，空虚、寂寞的感觉就又袭上我的心头。我心里急不可待，渴望马上见到那位年轻人，今天我就将永远失去他了。我在房间里面踱来踱去，毫无必要地拉起百叶窗，换了衣服和腰带，照着镜子以审视的眼光打量一番，看看自己这身打扮是否会引起他的注意。忽然，我明白了自己的心愿：只要把他留住，一切都在所不惜！这个心愿在残酷的一秒钟之内变成了决心。我跑到楼下去告诉门房说，我今天要乘夜班火车离开这儿。现在时间已经很紧了，我按铃把侍女叫来帮我收拾东西。我们俩人一个比一个着急，手忙脚乱地将衣服和小件生活用品装进几只箱子里，我心里则梦想着即将出现的惊喜：我送他上火车，等到最后一刻，到最后的瞬间，当他伸出手来同我握手告别的时候，我就出其不意地登上列车，走到这位惊诧万状的人跟前，同他共度今宵、明夜——只要他要我，就每夜都同他厮守在一起。我感到一阵狂喜，一阵陶醉，全身血液在翻腾、涌流，有时，我一边往箱子里扔衣服，一边哈哈大笑，有时突如其来的一声大笑，弄得侍女莫名其妙。这期间，我感觉到我的神志混乱了。挑夫来取箱子时，起初我直愣愣地瞪着他，完全不解其意——内心激动，犹如阵阵波浪翻滚，这个时候就很难客观地来思考了。

"时间紧迫，这时快七点了，离开车时间顶多二十分钟。——当然，我安慰自己说，我现在不再是去同他告别了，我已决定陪他出走，无论他的旅程多久多远，我都与他相守，形影不离。仆人先把几只箱子拿了出去，我匆匆到旅馆账房结了账。经理已经把钱找给了我，我正要走了，这时有只手温柔地拍了拍我的肩头。我吓了一跳。那是我表姐，因为我佯称身体不适，她放心不下，所以特来探望。我觉得眼前一阵发黑。现在这个时候我可不需要她，每一秒钟的延误都意味着厄运降临，意味着将痛失这次机会，可是我又必须顾及礼貌，至少得站着同她搭会儿话呀。'你得上床去躺着，'她催促着我，'你一定发烧了。'这话大概倒也不错，因为我两边太阳穴上脉搏跳得很急，像擂鼓似的，有时我还感到眼前蓝影直晃，快要晕倒。但是我支撑着，竭力做出一副感激的样子，其实每一句话都使我心急如焚，真想干脆一脚将她那不合时宜的关切踢到一边去。然而，这位不受欢迎的、担心我的人却待着不走，她待着，待着，并拿出科隆香水给我，而且非让我自己将这清凉的液体抹在太阳穴上。这期间我却一分钟一分钟地数着，同时还想着他，并琢磨着能找个什么借口来摆脱这种折磨人的关切。我越是焦急不安，她对我就越是怀疑。后来，她几乎想强行把我弄到房间里去，让我躺下。她还在一个劲地劝我，这时我突然朝大厅中央的钟看了一眼：差两分七点半，而七点三十五分火车就开了。绝望中我对什么都不在乎了，粗暴地径直将我表姐的手狠狠一甩，动作之快，宛如子弹出膛：'再见，我得走了！'说罢，根本不去顾及表姐惊得发呆的目光，也不四下看看落下什么东西没有，便从那些诧异得目瞪口呆的旅馆侍役身边冲出大门，来到街上，径直朝车站奔去。挑夫在车站上守着行李等我，我老远就从他激动的手势上得知，时间一定万分紧迫了。我就盲目地拼命冲到横杆那儿，结果被检票员拦住了——我忘了买票。于是我便软硬兼施，几乎说动了检票员，破例让我到站台上去，可是就在这时，火车开动了。我浑身发抖，目不转睛地望着徐徐开动的列车，希望至少能从某个车厢的窗口见到他的一瞥，见到他的挥手，他的致意。但是火车加快了速度，我再也无法认出他的面容了。一节节车厢呼啸而过，一分钟过后，在我模糊的眼前留下的只有一片冉冉升腾的浓烟。

"我站在那儿准似泥塑木雕一般，上帝知道究竟站了多久，因为挑夫大概叫了我几次我都未答应，他这才夤着胆子碰了碰我的胳膊。我猛地吓了一跳。他问，要不要把行李重新搬回旅馆。我考虑了一两分钟，不，这不可能，我走得那么仓促，那么可笑，我不能再回去，也不愿回去，永远不回去。这时我形单影只，心烦意乱，就叫他把行李搬到寄存处去。稍后，车站大厅里旅客熙来攘往，人声鼎沸，在阵阵喧嚣声中，我才设法进行思考，清晰地思考，想甩掉那些令人灰心丧气、痛苦不堪的纠葛，把自己从愤怒、悔恨和绝望中解救出来。因为——为什么不承认呢？——自己的过错，失去了与他最后会面的机会，这个想法像把烧红的尖刀无情地在我心里乱搅，那燃红的刀刃越来越无情地往我心灵深处捅，痛得我真想大声叫唤。只有完全没有遭遇过激情的人，在其一生中出现的唯一瞬间，他们的激情也许才会像雪崩似的、像狂飙骤起似的突然爆发出来。于是闲置多年未用的生命力就像碎石倾泻，一齐坠落在自己胸中。在这一秒钟里我已做了最最鲁莽的准备，将自己长期积聚起来、紧紧裹在一起的整个生命猛地一下抛将出去，却突然发现面前有一堵毫无意义的墙，我的激情一头撞了上去，只撞得晕晕乎乎、晕头转向。像在这一秒钟里所碰到的那种意想不到、令人愤怒而又对它无能为力的事，我在此前从未经历过，以后也未曾经历过。

"我下一步所做的尽是些毫无意义的事，除此之外还能做些什么呢！我做的事很笨，简直愚蠢透顶，讲出来自己都感到羞愧。但是，我曾对自己、对您许下诺言，什么都不隐瞒。——那我就接着说吧。我……我要为自己找回他……就是说，我要为自己找回同他一起度过的每个瞬间……有股强大的力量把我拉向我们昨天一起到过的每个地方：花园里的那张我把他从上面拉走的椅子、我第一次看见他的那个赌厅，甚至那个下等旅馆。这样做的目的，仅仅是再一次、再一次重温往事。明天我还打算坐马车沿海滨再循旧路，在心里再次重温每一句话、每一个姿态和表情——这种做法多没有意思，多幼稚，我真是糊涂透顶了。可是，请您想一想，那些事来得快如闪电，一下都落在了我身上，一下就把我击晕了，岂容我做别的考虑。现在从心醉神迷的状态中猛地醒来，借助于我们称之为记忆的那种神奇的自我欺骗，我要将这些正在流逝的经历一一重新追忆，再来品味一次过把瘾——当然，这些事，有的别人理解，有的别人不理解，要完全理解，恐怕需要有一颗火热的心。

　　"这样，我便先到赌厅，去寻找他坐过的那张赌台，并在那里的许多双手里设想他的那双手。我走了进去。我还记得，我最先看见他的时候，他坐在第二间屋子左边的那张赌台上。他的每个动作姿态还清晰地浮现在我眼前，我就是闭上眼睛，伸出双手，梦游似的都可以把他的座位找到。于是我就走了进去，立即横穿屋子。这时……我在门口朝熙熙攘攘的人群一望……我眼前出现了一件奇怪的事……他正好坐在我梦见他的那个位置，他在那里坐着——这准是狂热引起的幻觉！真是他……他……他……正是我刚才幻觉中见到的他……同昨天一模一样，两眼直愣愣地盯着转盘里的锥形球，脸色苍白，犹如幽灵……但是，那是他……是他……绝对不会错，那是他……

"这下吓得我非同小可，我差点叫喊起来。但是我控制住对这荒唐的幻象的惊吓，并且闭上眼睛。'你神经错乱了……你在做梦……你发烧了。'我对自己说，'这不可能，你眼里出现了幻影……半小时前他就从这里坐火车走了。'后来我重新睁开眼睛。啊，可怕极了：他坐在那里，同方才一模一样，有血有肉，绝对不会错……在千百万双手当中我也能认出他的手来……不，我不是在做梦，那人确确实实是他。他没有走，没有如他向我起誓所保证的那样，这神经错乱的人坐在那里。他有了钱，这钱是我给他回家的路费，他把它拿到这张绿色赌台上，又忘情地沉醉在他的癖好中，大赌起来，而我呢，却绝望地为他把心都掏了出来。

"我猛地一下冲上前去。我泪水模糊，眼里燃烧着愤怒的烈火，这背弃誓言之徒，竟那么无耻地欺骗我的信任、我的感情、我的委身，我真想掐住他的脖子。然而，我还是抑制住了自己。我故意慢慢（我费了多大力气啊）走到赌台的另一边，

正好面对他，一位先生很有礼貌地给我腾出个位置。我们两人
中间隔着一张两米宽的绿色赌台，我可以像在楼座上看戏一样
盯着他的脸。两小时前这张脸上还容光焕发，充满感激之情，
闪烁着上帝宽宥的灵光，现在他的激情正在经受炼狱之火的煎
熬，这张脸又抽搐得扭曲了。他的这双手，今天下午他在立下
神圣誓言的时候还紧紧抓着教堂椅子的这双手，现在手指微
曲，在钱堆里扒来扒去，犹如两个嗜血的蝙蝠。他赢了，他准
赢了很多钱，很多很多钱：他面前随意拢了一堆筹码、金币和
钞票，亮闪闪的，但横七竖八，凌乱不堪，战栗着的、神经质
的手指乐滋滋地伸进钱堆里随便把玩。我见他将纸币一张张抚
得平平整整，叠在一起，那些金币他则转动着，抚摩着，后来
他突然一下子抓起一大把，抛在一个方格当中。他的鼻翼又立
即开始快速翕动，掌盘人的叫喊声使他将眼睛，那炯炯有神的贪
婪的眼睛从钱堆上移开，注视着蹦跳的圆球，他的身体仿佛自
动地要往前冲，而两只胳膊却好似用钉子钉在了绿色台面上。
他那迷狂的样子表现得比昨天晚上还可怕，还恐怖，他的每个
动作都在毁掉我心中那另一个凸现在金色背景上闪闪发光的形
象，那是我由于轻信而将它珍藏在自己心里的。

"我们俩人相距两米，呼吸着；我目不转睛地盯着他，他却没有发现我。他没有朝我看，他任何人都不看；他的目光只盯着钱，随着往后倒滚的球不安地颤动着。他的全部感官都禁锢在这个疯狂的绿色圆盘中了，并随着滚动的圆球而来回奔跑。在这个赌徒眼里，整个世界、整个人类都融化在这张蒙着绿呢的四角台面上了。我知道，即使我在这儿站上几小时，他也不会感觉到我的存在的。

"可是，我无法继续忍受下去了。我突然横下一条心，绕过赌台走到他背后，用手紧紧抓住他的肩膀。他晕晕乎乎地抬起头来望着我——他瞪着呆滞的眼珠陌生地盯着我，看了一秒钟，像一个被人从沉睡中摇醒的醉汉，他灰暗的目光透着蒙眬的睡意，刚开始从弥漫的烟雾中亮起来。后来，他似乎认出了我，抖抖索索地张着嘴，喜出望外地抬头望着我，结结巴巴地轻声说了一番知心话，令人丈二和尚摸不着头脑：'很好……我一进来，见他在这里，便立即知道运气来了……'我不懂他的话。我只看出，他已经赌得如痴如醉了，这个神经错乱的家伙已经把一切都忘了，把他的誓言，他约好的事情，把我、把世界统统都忘掉了。然而，即便是在这种如痴如癫的状态中，他那极度兴奋的神情仍然令我着迷，使我不由自主地信了他的话，并且吃惊地问，究竟谁在这里。

"'那儿，就是那个俄国独臂老将军，'为了不让别人偷听到这个神奇的秘密，他紧贴着我，悄声对我说，'那儿，蓄着连鬓白胡须的那个，背后有个侍从。他总是赢家，昨天我就注意他了，他准有一套诀窍，现在我一直望着他下注……昨天他也一直赢……只不过我犯了错误，他走了，我还在继续赌……这是我的错……昨天他大概赢了两万法郎……今天他也是每盘都赢……现在我每回都跟着他下注……现在……'

"正说着，他突然停了下来，因为掌盘人响亮地喊了句'Faites votrejeu！'。[①]一听到叫喊声，他的目光便一路巡视过去，最后落在白胡子俄国人的位置上，贪婪地巡视着。这位俄国将军从容不迫地坐在那儿，神气十足，他先是不慌不忙地拿出一枚金币，稍作犹豫，随即又摸出第二枚，一齐押在第四格上。我面前那双容易激动的手便立即伸进钱堆里，抓起一把金币，扔在同一个位置上。一分钟后，掌盘人发出一声'空门！'的喊声，接着将簖竿一拐，便把桌上的钱全都收了去。

①法语："诸位请下注！"

他的眼睛盯住被横扫而去的金钱，好似观看一件稀奇古怪的事一般。您一定以为这下他会朝我转过身来了吧。没有，他没有转过身来，他把我完全忘了，我已经沉没了，完了，从他生活中消失了，他绷得紧紧的全部感官都集中在俄国将军身上，而这位将军却满不在乎，手里又拿了两枚金币掂了掂，一时举棋不定，不知押在哪个数字上好。

"我无法向您描述我当时的愤怒和绝望。但是，请您想想我的心情：我把自己整个一生都抛给了这个人，到头来在他眼里我却连一只苍蝇都不如，对于苍蝇还得用手去随便驱赶一下呢。愤怒的狂涛再次涌上我的心头。我使劲一把抓住他的胳臂，令他大吃一惊。

'您必须马上站起来！'我轻声对他说，但语气是命令式的，'想想您今天在教堂里立下的誓言，您这背弃誓言的人，真可悲！'

"他愣愣地望着我，神情慌张，脸色惨白。他的眼里突然现出惊恐和颓丧的表情，活像一条挨了打的狗露出的那副样子，他的嘴唇战栗着。他似乎一下想起了先前的一切。似乎对自己感到害怕了。

'好……好……'他结结巴巴地说，'噢，我的上帝，我的上帝……好……我就来……请您原谅……'

"说着，他的手便开始把钱归拾起来，起先动作很快，而且显得精神振奋、态度坚决，可是随后就慢慢变得越来越迟钝，像是被一股反作用力给冲了回来。他的目光重新落在那位正在下注的俄国将军身上。

'再等会儿……'他迅速将五枚金币扔在俄国将军下了注的格子里。'……就再赌这一盘……我向您起誓，我马上就来……就再赌这一盘……就再……'

"他的声音又消失了。圆球已经开始滚动，并且也将他拽着一起滚动。这着了魔的人，他的心已经从我身边，也从他自己身边滑出去了，连同圆球一起摔进光滑的凹格里，它里面的小球还在不住地滚跳。掌盘人又在吆喝了，笆子又扒走了他的五枚金币。他输了。但是，他并没有转过身来。他把我忘了，把誓言以及一分钟前对我说的话统统都忘了。他的手又哆嗦着去抓那堆渐渐变少的钱，他迷醉的目光不安地颤动着，专门盯住他意愿中的那块磁石，对面那位会给他带来好运的人。

"我再也无法忍耐了。我再次将他摇了摇，但这次摇得

很重。'您现在立即站起来！立刻！……您说过，就赌这一盘
的……'

"可是，这时意想不到的事发生了。他突然转过身来瞪着
我，脸上已经不再是恭顺和迷惘的表情，而是一脸雷霆大作的神
色，愤怒使得他眼睛冒火，嘴唇发抖。'别缠着我！'他大声向
我叱责，'给我滚开！您给我带来了晦气。只要您在这儿，我就
老输。昨天您就让我倒了霉，今天您又来了。快给我滚开！'

"刹那间我僵住了。见他这么疯狂，我的愤怒也像一匹脱
缰的野马。

"'我给您带来了晦气？'我大声谴责他，'您这个骗
子，您这个小偷，您曾对我发誓……'我说不下去了，因为这中
了邪的人从座位上跳起来，毫不在乎周围喧嚷的人群，把我直往
后推。'给我安静点。'他无所顾忌地大声喊道，'我又不受您
的监护……拿去……拿去……把您的钱拿去，'说着，他便扔给
我几张一百法郎的钞票……'现在您总可以让我安静了吧！'

"他非常大声地嚷着，喊着，完全像中了邪一般，对上百
个围观者熟视无睹。所有的人都瞪大眼睛，都在叽叽喳喳，指
指点点，放声大笑，就连隔壁大厅里也挤过许多人来看热闹。

我觉得，我仿佛被人把我身上的衣服剥了下来，让我赤身裸体地站在这帮看热闹的人面前……'Silence, Madame, s'il vous plaît.'① 掌盘人盛气凌人地大声冲着我喊道，并用笆竿敲着赌台。这可怜的家伙，他这句话是冲着我说的。受到这般侮辱，我羞得无地自容，站在这帮叽叽喳喳、交头接耳的看热闹的人面前，好似一个妓女，一个别人扔钱给她的妓女。两三百只厚颜无耻的眼睛一齐盯着我的脸，这时……侮辱的污水泼得我羞愧难当，我深深埋下头，把目光躲开，转向一侧，这时正巧遇到两只眼睛，一双惊骇万状地瞪着我的眼睛，真像两把锋利尖刀——那是我表姐，她望着我，惊得张口结舌，呆若木鸡，还举着一只手。

"我好似挨了当头一棒，直吓得魂飞魄散，还没等她动弹，没等她从惊吓中恢复过来，我便立即冲出大厅，一口气跑到那张长椅跟前，就是昨天那个着了魔的人倒在上面的那张长椅。我也同样精疲力竭，心力交瘁地倒在这张无情的硬木椅上。

"这已是二十四年前的事了，可是，每当我回想起那一瞬间，被他嘲讽得低下头来，站在上百个陌生人面前的那一瞬

————————
① 法语：夫人，请安静！

间，我血管里的血就会变得冰凉。我又惊诧地感觉到，我们一直自鸣得意地称为灵魂、精神、感情的东西，称为痛苦的东西，其实质是多么虚弱、可怜和没有骨气，因为这些东西再多，也不能把受痛苦煎熬的肉体和被压坏的身躯完全毁灭——因为人会经受住那样的时刻，血液还会照样搏动，而不会像遭了雷击的大树那样死掉或者翻倒在地。这样的痛苦仅仅是突然一下，只有一瞬间，好像扯断了我的关节一样，使我倒在了长椅上，上气不接下气，脑袋迟钝麻木，简直领略到必定要死亡的快乐预感。然而，我刚才说过，一切痛苦都是懦弱的，而生的欲望却异乎寻常地强烈，在它面前，痛苦自会消退，而生之欲望似乎是植根于我们肉体之中的，它比我们精神上的一切死亡激情更为强大。在感情上经历那样的打击之后，我竟重新站了起来，这一点我自己也无法解释，当然，站起来之后该做些什么，对此我并不知道。我突然想到，我的几只箱子还寄存在车站。刚一想到，心里便有种东西在催促我：走！走！走！离开这儿，离开这座该诅咒的地狱。我对谁都未加留意，便径直奔到车站，询问去巴黎的下班火车几点开，售票员告诉我是晚上十点开，于是我便立即将行李托运。十点——自那次可怕的

邂逅以来正好过了二十四小时，这二十四小时里充满了种种荒
谬感情的骤变，以致我的内心世界永远破碎了。可是眼前，在
心里持续不变的怦怦捶击的节奏中我只感觉到一个字：走！
走！走！我头上的脉搏噗噗直跳，好似楔子不停地打进我的太
阳穴里：走！走！走！离开这座城市，离开我自己，回家去，
回到亲人身边去，回到我先前的、回到我自己的生活中去！我
连夜乘火车到巴黎，从巴黎又几经转车到了布隆，从布隆再到
多佛，从多佛到伦敦，从伦敦到我儿子那里——这趟狂奔疾飞
似的旅程整整四十八小时，一路上我不思，不想，不睡，不
说，不吃，在这四十八小时中所有的车轮都咔咔嗒嗒地只奏着
一个字：走！走！走！走！最后，我走进我儿子的乡村别墅
时，大家都感到意外，人人都大吃一惊——我的神态和目光里
一定有点什么泄露了我的隐秘。我儿子要来拥抱我，吻我。我
赶忙把头往后一别。他要接触我的嘴唇，而我的嘴唇已被玷
污，想到这点我就无法忍受。我拒绝回答任何问题，只要洗个
澡，需要从自己身上洗掉旅途的尘土和其他一切污秽，因为我
身上似乎还黏着那个着了魔的人、那个毫无尊严的人的激情。
随后我拖着脚步上楼，进了自己的房间，睡了十二小时或十四

小时，直睡得昏昏沉沉，不知白天黑夜。在此前和此后我都未曾睡过这样的觉，后来我才体会到，这一觉睡得真像是躺在棺材里死了一样。我的亲人像照看病人似的照看我，但是他们的温存体贴只能使我感到痛苦，他们对我的爱护和尊敬使我觉得内心有愧，我得时时留意，生怕自己突然大声吐露出真情：由于一次疯狂而荒唐的激情，我曾背叛过、忘掉过、抛弃过他们。

　　"后来，我又毫无目的地来到一座法国小城，谁也不认识，因为有个妄念我怎么也摆脱不了，总觉得人人第一眼就会从外表上看出我的耻辱，我的变化。我深深感到自己已经露出马脚，觉得自己直到灵魂深处都很肮脏。有时我早晨在床上醒来，感到非常害怕，眼睛都不敢睁开。我又想到那天夜里，我醒来突然发现自己身边躺着个半裸的陌生人，我像当时一样只有一个愿望：立即去死。

　　"但是，毕竟时间拥有最深远的威力，而年龄则具有一种能使各种感情贬值的特殊力量。人老了，就会感到死期渐渐临近，死神的黑影已经罩在了生命的旅途上，这时一切东西都显得不那么耀眼了，不再会强烈地影响一个人的内心感受，而且还减少了许多危险力量。我渐渐摆脱了那次打击的阴影。多年以后，我在一次社交场合遇到奥地利公使馆的专员，一个年轻的波兰人。我问起那个家族的情况，他告诉我，他表兄就是这个家族的，他表兄的一个儿子十年前在蒙特卡洛开枪自杀了——听到这个消息我都没有战栗一下。我已不再感到痛苦，也许——何必否认人的自私心理呢？——甚至还暗自欣喜呢，因为我以前一直担心说不定什么时候会碰见他，现在这个最后的恐惧也消失了。现在除了我自己的回忆，再也没有会对我构成威胁的见证人。从此我心里就平静多了。人一老就不再害怕过去，除此便别无他长了。

"现在您就了解了，我怎么会突然同您谈我自己的遭遇，您为亨丽埃特夫人辩护时热情地说过，二十四小时完全可能决定一个女人的命运。我觉得这也是我自己的看法。我非常感激您，因为我的观点似乎第一次得到了确认。那时我就思忖：把心里的话统统说出来，这也许可以解除压在我心上的惩罚，以及回顾往事时所感到的惊吓。这样一来，也许我明天就可以去蒙特卡洛，走进那个使我遭遇这番命运的赌厅，既不恨他，也不恨自己。这样，我心上的巨石就落下去了，以它千钧之力沉沉地将过去压在底下，并且使它不能复苏。我能把这一切都讲给您听，于我很有好处。我现在心情轻松，几乎感到很快乐……为此我要感谢您。"

说到这里她突然站了起来，我感觉到，她已经讲完了。我有点发窘，想找句话来说。但是，她一定觉察到了我内心的感动，所以马上就加以阻拦。

"不，请您不要说……我不要您回答我或是对我说什么……感谢您听我讲了自己的遭遇，祝您旅途愉快。"

她站在我对面，伸出手来同我握手告别。我不由自主地抬头望着她的脸，站在我面前的这位慈祥而又略有羞赧的老太太，她的脸色令我感到非常惊异。不知是往日激情的反照，还是由于心慌意乱，这时她脸上突然泛起一层红晕，将她从脸颊到白发根都染成一片丹霞。她站在那里，活脱脱像个少女，对往事的回忆使她像新娘似的有点不知所措，而对自己的坦率陈述又感到有点羞涩。我不由得深受感动，很想用一句话来表示对她的崇敬。可是，我感到喉头太紧，说不出话来。于是我便弯下腰，满怀敬意地吻了她枯萎的、像秋叶般微微颤抖的手。

（韩耀成　译）

Part 2

拍卖行里的奇遇

一九三一年四月，一个奇妙的清晨，天气好极了，空气潮湿，却又充满了阳光。它像一块软糖那样，好吃得很，香甜、凉爽，湿润和光亮，过滤了的春天，纯净的臭氧。在斯特拉斯堡林荫大道的中心，人们惊喜地呼吸着从草原和大海飘来的芬芳。一阵暴雨，那种任性的四月阵雨创造出了这种喜人的奇迹，春天经常是与它们一道以一种极为顽皮的方式宣告它的来临。

我们的火车在半路上朝着昏暗的地平线驶去，它从天空黑乎乎地直切入旷野。直到摩乌附近——这时城郊的房屋像积木般散落在四周，涂着令人郁闷的绿色的广告不断地跃入眼帘，坐在我对面的那位上了年纪的英国女人开始整理她那有十四件之多的提包、瓶子和旅行用具。就在此刻，那种海绵般的，翻滚着的乌云终于爆发了，从埃佩纳起，那铅色的和凶暴的乌云就在与我们的火车头进行一场竞赛。一道小而苍白的闪电是一个信号，随即暴雨好斗般地带着擂鼓似的声音倾泻而下，用潮湿的机枪的火花扫向我们正在行驶的列车。受到沉重的攻击，在嘎嘎作响声中，窗户上的玻璃在哭泣，火车头屈服了，它那灰色的烟旗垂向了地面。除了扑向钢铁和玻璃的噼里啪啦敲打，再也听不到什么，再也看不到什么，列车就像一只受折磨的野兽逃避暴风疾雨，在光亮的路轨上行驶。顺利地到了车站，我们站在有顶棚的站台上，等候行李搬运工，这时在灰白的雨棚后面，林荫大道的景色又突然变得明亮起。一束刺眼的阳光用它的三叉戟刺破了正在消逝的乌云，随即照亮了千家万户的房顶，像涂上一层黄铜一般，天空在海洋的蔚蓝色中闪闪发亮。像阿芙洛迪特从波浪中闪着光泽裸身而出一样，这座城市从雨的罩袍中现身出来。一副神圣的景象。随即，人们从前后左右躲雨和藏身之地涌向街头，抖搂掉身上的雨滴，欢笑着各奔前程。堵塞的交通缓解了，各式各样的老式交通工具都活跃起来，车轮在滚动，嘎嘎声、隆隆声、嘟嘟声，混成一片。万物都在呼吸着和享受着重现的阳光。林荫大道上深深被桎梏在坚硬的柏油路上发蔫的树木，经过这场大雨的滋养和湿润，在清新和碧蓝的天空中绽开了细小尖尖的蓓蕾，并试着散发出少许的芬芳，也真的做到了。奇迹中的奇迹：有几分钟人们明显地感觉到了在巴黎心脏中，在斯特拉斯堡林荫大道上，栗子树开花的微弱而畏葸的呼吸。

值得赞美的四月里这一天中的第二件赏心乐事：我到了巴黎后，直到下午都没有约会。在这座拥有四百五十万人口的巴黎，没有一个人知道我，没有一个人在等待我。这就是说，我完完全全地自由，可做任何我想做的事。我能随心所欲，去散步，去闲逛，或者坐在一家咖啡馆读读报纸，或者去就餐，或者去参观博物馆，或者去浏览橱窗，或者去翻阅河岸旧书摊上的图书。我可以给朋友打电话，或者我就呆呆地凝视那温煦甜蜜的空气。但幸运的是，我出于博识的本能做了最理性的事：我什么也不做。我没有做任何安排，给自己自由。摆脱掉任何接触的愿望和目的，把我的路放到随意滚动的轮子上，任它滑动到任何地方，这就是说，我随人摆布，随路驱使，我在岸边五光十色的商店徜徉，我疾步穿过步行道上人的洪流。到最后人群的波浪把我掷到宽大的林荫道①上。我惬意而疲惫地坐在位于豪

---

① 此处的林荫大道特指巴士底和玛德莱娜广场之间的林荫大道，时为巴黎著名商业区。

斯曼林荫路和德洛斯大街一角一家咖啡馆外的座位上。

　　我舒适地倚在松软的靠背椅上，点上了一支香烟，我在想，我又来到了这里，这就是你啊，巴黎！有整整两年之久，我没有见到我的这位老朋友了，现在我要仔细地看看你，巴黎，开始吧，展示一下从那以后你学到了什么，前进，开始吧，让你的那部出色的有声电影"巴黎的林荫大道"在我眼前映出吧，这是一部光和颜色的活动，连同成千上万难以计数和不计报酬的道具演员的杰作。还有那不可仿效的，叮叮当当、轰轰隆隆、尖厉呼啸的马路音乐！不要吝惜你的速度，展示出来，你的所能，展现出来，你是何人；奏起你那巨型的奥开斯特里翁琴①，与无调性的，泛调性马路音乐。让你的汽车开动起来，让你的摊贩吆喝起来，让那些广告喊叫起来，让你的喇叭轰鸣起来，让你的商店闪闪发光，让你的人跑动起来——而我则坐在这里，睁大了眼睛，有时间也有乐趣，去凝视你，去倾听你，直到我眼花缭乱，直到我的心怦怦跳动。继续下去，继续下去，你不要吝啬，你不要停下来，再来，一直这样，狂放，永远狂放下去，变出花样，越来越多，越来越有新的喊叫

①　即"仿管弦乐队琴"，将各种各样的自动乐器结合一体。主要用于咖啡厅和舞厅。

新的呼唤，新的喇叭声和扩散开来的声音，它们不使我疲惫，因为我所有的器官都向你敞开，前进，前进，你把一切都献给了我，正如我已准备把一切都献给你一样，你这座无法仿效的，永远新奇和迷人的城市！

随后呢，这个非凡清晨的第三件赏心乐事是，因为我业已感觉到神经受到了一种刺激，我又一次产生了好奇心，如通常在一次旅行之后或在一次通宵不眠的夜里那样。在这样一类的好奇心盛的日子里，我就像多了另一个我，甚至是多了多个的我。我不满我被桎梏的生活，它令我感到压力，从内心感到某种张力，有些像蝴蝶要从蛹中挣脱出来那样。每一个毛孔都伸展开来，每一束神经都弯曲成一个精致的、灼热的小钩，令我变得耳聪目明。这种耳聪目明在主宰我，这几乎是一种不祥的清醒，它使我的瞳仁和鼓膜变得格外敏锐，凡是我目光能及的一切，对我而言都充满了神秘。我能够整小时地观察一个马路工人，看他如何用风镐掘起沥青，仅从这样的观察我就能强烈地感受到他的劳动。他那颤动的双肩所做出的每一个动作都不由自主传到我的身上。我可以无休止地站在一扇陌生的窗户前面，设想那个我不认识的人的命运，他也许住在里面。我能整小时地注视某一个行人，并出于毫无意义而又吸引人的好奇心跟在他身后。这同时我完全清楚，在别人看来，我的这种举止完全无法理解，愚蠢至极。而他不过是我偶尔看到的一个人罢了。可这种幻想和乐趣比任何一部上演的戏剧或一本书的惊险篇章都更令我心醉神迷。很可能，这种超等的刺激，这种神经质般的目明耳聪与突然的环境变化有关，是气压的改变和因此引起的血液的化学变化的一个结果而已——我从来不想去解释清楚这种十分神秘的亢奋从何而来，但每当我感觉到，我往常的生活就像一抹苍白的晚霞，所有平庸无奇的日子百无聊赖、空洞乏味时，只有在这样的时刻我才能完全感受到我的存在和生活的多姿多彩。

也就在值得赞美的四月里的这一天，我坐在扶手椅上，那样全神贯注地、那样兴趣盎然和急不可待地望着河岸边的人的洪流，我在等待着，可我不知道，我在等待什么。我怀着垂钓者那种轻微的、透着寒意的颤抖，等待着鱼漂的抖动。我本能地知道，我一定会遇到某种事情，我一定会碰上某个人，因为我是那样渴求和神往，去交换一下位置，使自己好奇的乐趣变成一种游戏。但是马路没有向我提供任何东西，我身边熙攘往来的人群半小时之后就使我的双眼变得疲惫不堪，没有任何一样东西我能看得清楚了，在林荫道上摩肩接踵的人群，我开始看不见他们的面孔了，他们成了戴着黄色的、褐色的、黑色的和灰色的礼帽、风帽、鸭舌帽的一股混混沌沌的洪流：那些未施粉黛和浓妆艳抹的蛋形面孔，一股令人恶心的发亮污水，在蠕动，它的颜色变得单调和灰白。

我的目光疲倦了，有如看一部模糊不清，抖动不止的拷贝已坏的影片一样。我想站起来，继续走动。就在这时，我终于，我终于发现了他。

这个陌生人首先引起我的注意，很简单，就是因为他一再出现在我的视野里。在这半小时里，数以千计的人在我的面前熙攘往来，匆匆而过，就像被看不见的绳索拽走，他们只是匆忙地显露侧面、阴影、轮廓，随后就被洪流裹挟而去。可这个人却一再地，总是在同一个地点出现，因此我就注意上他了。犹如激浪以一种不可理喻的执拗把一片脏兮兮的海藻推向岸边并随即用湿乎乎的舌头把它舔回去一样，而这是为了再一次掷去和再一次拽回，这个人就是如此一再地在这个湍流中游来游去，而且每次都在几乎是有规律的时间间隔里和总是在同一个地点出现，并且总是同样地把他的目光垂向地面和遮掩起来。
除此之外，出现的这个人没有什么值得注意的了。一个饿得干
瘦的身体，裹在一件草黄色的夏季大衣里，显然不合身，因为
衣袖过长，双手完全露不出来，它过于宽松，尺寸太大，这件
草黄色的大衣式样早已过时。一张消瘦的尖尖的老鼠般的脸
上，两片几乎是惨白的嘴唇，上面的一撮黄色小胡子像受了惊
吓似的在发抖。在这个可怜虫身上一切都不得体，邋里邋遢，
肩膀倾斜，瘦长的小丑般的双腿，哭丧的脸。他时左时右从人
的旋涡中浮现出来，随之不知所措地停下脚步，像只小兔子畏
怯地从燕麦地爬了出来窥视、嗅闻，躬起身来，又在人群中消
失不见了。除此——这是第二件引起我注意的事情，这个衣衫
褴褛的人使我想起了果戈理小说中的那位小吏，高度地近视或
者出奇地笨拙。我一而再，再而三地注意到，他这个马路上的
小可怜虫被那些行色匆匆的人推来搡去，几乎被撞翻。但他对
此毫不在意，他会卑躬地退让，飞快地躲避到一旁，随后钻出
来，他一而再，再而三出现在这儿，在这仅仅半小时就有十次
或十二次之多。是啊，这使我感兴趣，或者更应当说，我先是
感到恼火，当然这首先是对自己，我今天在这儿虽然好奇心

盛，却不能立刻猜出这个人在这儿要干什么。越是白费力气，我的好奇心就越是恼火。活见鬼了，你这个家伙究竟在寻找什么？你是在这儿等人？你是个乞丐？你并不像，乞丐并不傻里傻气地待在熙熙攘攘的人群中，他们可没有工夫从口袋掏钱给你。你也不是一个工人，因为他在上午十一点时没有机会在这儿懒散地逛来逛去。你更不会是在等一个姑娘，我亲爱的，哪怕是一个老掉牙的婆娘，一个毫无姿色的女人也不会看上一个穷酸相的可怜虫。说到底，你在这儿要找什么呢？也许你是那些黑色导游中的一个，悄悄地从侧面出现，从衣袖里掏出一些淫秽的色情图片，答应外省来的游人，花上一笔费用就能得到索多姆和葛莫拉①中各式各样的快乐？不，这也不对，因为你不和任何一个人交谈，正相反，你面带低垂的目光畏葸地规避每一个人。真是见鬼了，你这个胆小鬼，究竟是什么人？你在我的这块地段里搞什么？我把他盯得紧紧的，紧紧的，在五分钟之内，这已变成了我的激情，我的乐趣，想探究出这个身穿草黄色大衣的人要在林荫道上干什么。突然我知道了，他是一个侦探。

---

① 此系《圣经》中两座著名的淫荡城市。

一个侦探，一个穿着平民衣服的侦探，我本能地在一个完全微不足道的人身上认出来了。那种对每一个从身边而过的人疾速扫上一眼斜视的目光，那种一望就看出来的审视眼神，这是警察在受训的头一年就必须立刻学会的呀。这种目光不是简单的，第一点，它必须像一把刀子那样划开一条缝隙，迅疾地从下到上从头到脚扫视一番，一方面用这灼亮的眼睛之火捕捉住此人的音容笑貌，另一方面在心里要与寻常的罪犯表征进行比对。第二点，这也许是最重要的，这种观察要完全装作是漫不经心的，因为不能被跟踪者猜到他是密探。

看吧，这个人学的这门课程可说是出色极了。他像一个梦游者那样恍恍惚惚、漫不经心地在人的洪流中穿行，被推来推去。但在这期间他总是陡然张开迟钝的目光，像投出一支标枪，有如按动了一部相机的快门一样。周围好像没有一个人观察到这个在履行公务的人。若是这个值得祝福的四月天不是幸运地成为我好奇心盛地，并且我长时间和恼火地进行窥视的话，那我本人也什么都观察不到的。但不管怎么说，这个秘密警察一定是他的行业里的一位别具一格的高手，因为他懂得极为精致的化装技术：举止、走路、衣着，一身道地的街头流浪汉的破衣烂衫，这些方面都模仿得酷似、逼真，这对他的跟踪追捕可是不可缺少的啊。通常对于那些身着平民服装的警察，人们从一百步远的距离就能毫不费力地认了出来，因为这些先生无论装扮成什么样，都无法掩盖他们职业尊严露出的一些破绽，他们永远不能惟妙惟肖地装出那种胆怯和惶恐的猥琐卑贱。人在举止上的这种猥琐卑贱完全是一种本性，是多年来的贫穷造成的。令人敬佩的是，这个人的穷酸相味道十足，活灵活现，对街头流浪汉研究得透透的。那件草黄色的大衣，那顶少许倾斜的帽子，保持某种高贵所做的最大努力，破旧的裤子，磨损的上衣，这一切都显示出他穷困潦倒。作为一位受过训练的捕人的猎手，他必然是观察到了，贫穷——贪食的老鼠一样——它首先是啮咬每一件衣服的衣边。这样寒酸的衣着也与饥饿的外貌相一致：稀疏的小胡子（可能是贴上去的），刮得乱七八糟，有意弄得凌乱不堪的头发，这使任何一个没有偏见的人都会发誓赌咒说，这个可怜的家伙昨天夜里一定是在公园的凳子上或在警察局的拘留所里度过的。除此还有他那病态性的，用手捂着嘴的咳嗽，冷得龟缩在夏季大衣里的身体，拖着脚步，蹒跚而行，四肢像是灌了铅似的。天神做证，这是一位艺术家创造出的一幅晚期肺痨的完美肖像画。

　　我毫不羞愧地承认：我为自己有这样一个出色的机会，在这儿观察一个官方的警探感到高兴，尽管在我情感的另一个层面上，我同时感到自己的卑劣。在这样一个值得祝福的蔚蓝色的日子，置身在四月的和煦阳光中，我却在这儿观察一个化装的，有指望得到退休金的国家官吏在窥视某一个可怜的家伙，以便把他从灿烂的春天阳光中拽入某一个牢房里。虽说如此，我还是激动地去注视他，越来越紧张地观察他的一举一动，并对发现的每一个细节欣喜至极。但蓦然我发现的乐趣就像冰块在阳光中融化了。因为有些事情不太符合我的判断，我觉得不太对头。我又变得没有把握了。他真的是一个密探？我越锐利地去观察这个奇怪的闲逛的人，我的怀疑就越是厉害。他那做给别人看的穷酸相只是为了化装成一个警探，这太过于惟妙惟肖了，太过于逼真了。我首先怀疑的是他的衬衣领子。不对，这件从垃圾堆捡出来的脏兮兮东西，决不会用光秃秃的手指把它围到自己的脖子上的，只有在真正穷困潦倒走投无路时人才会这样做。第二个怀疑的是他的鞋，只有在万不得已时，才会把这类肮脏的，已经完全裂口的皮制破烂叫作鞋。右脚上的那只鞋用的不是黑鞋带，而是用粗糙的绳子结上去的；左脚的那只开了口，每走一步就翕动起来，就像青蛙嘴那样。不对，人们不会用这样一双鞋来做化装用的道具。完全可以肯定，不再有任何怀疑了，这个衣衫褴褛，蹑手蹑脚的家伙绝不是一个警察，我的判断是一个错误。但是，如果他不是一个警察，那他是什么呢？那他老是走来走去，反反复复，是为了什么？这种从下到上，迅疾窥视，四下探望的目光是为了什么？我感到一种愤怒，我无法看透这个人，我最好抓住他的肩膀问：你这个家伙，你要干什么？你这个家伙，你在这儿要搞什么名堂？

可突然，犹如一把火沿着神经燃烧起来一样，我颤抖起来，它径直准确地击中我的内心深处，我突然什么都知道了，完全肯定，而且是最终的，不可反驳的。不，他不是侦探，我怎么竟然会那么愚蠢呢？他是，如果可以这样说的话，他是一个警察的对立面：是一个掏包的扒手，一个真正的、名副其实的、训练有素的、职业的、地地道道的小偷。他在这儿的林荫道上要猎取皮夹、手表、女人的手提包以及其他物件。当我观察到他恰恰是哪儿人群拥挤就往哪儿去时，我开始准确地断定，他干的是这种营生。现在我也明白了，他故意装作跌跌撞撞，他向陌生人的身上碰来碰去，是为什么了。我越来越清楚，越来越了解他的用心了。他偏偏在咖啡馆门前，完全靠近交叉路口找了个落脚之处，这不是没有原因的。一个聪明的店主为他的橱窗别出心裁想出了花样。铺子里的商品，如椰子、土耳其糖果、各式各样五颜六色的奶糖，由于缺少吸引力一直不大畅销。店主于是想出了一个精彩的主意：橱窗不仅仅只用假的棕榈树和热带的景物进行富有东方情调的布置，而且在这种南方的景色中放进了三只可爱的小猴子。这真是杰出的主意。这三只猴子在玻璃窗后面肆意打闹，翻筋斗，龇牙咧嘴，相互间捉跳蚤，做鬼脸，出洋相，按着猴子的习性，无拘无束，任性而为。这家精明的老板得其所哉，因为过路人无不拥到窗前驻足观看，特别是那些女人对这种表演高兴得直喊直叫。每当那些好奇的行人密密麻麻聚在橱窗前时，我的这位朋友便不声不响快速出现在那里。他以温和而又过分谦卑的方式在密集的人群中挤来挤去。

　　迄今为止我一直对这种街头盗窃艺术所知甚少，我也从来没有对它有什么研究。可我知道，摩肩接踵的人群是小偷下手的极好时机，这就如青鱼要产卵那样理所当然，因为只有在相互拥挤、相互碰撞时被偷者才觉察不到那只危险的手，那只窃走钱包和怀表的手。但除此之外——我现在才第一次意识到，很显然，为了能顺利得手，需要某种物件来分散注意力，来短时间麻痹每个人保护自己财物的那种下意识的警觉性。在这种情况下，这三只猴子做出种种怪相和令人开心的表情，以绝妙的方式分散了人们的注意力。说真的，这几只丑态百出、怪模怪样和赤身裸体的家伙，在不知不觉中就成了我的这位新朋友，这个扒手得力的同谋和帮凶。

请原谅我，我恰恰迷恋我的这种发现，因为在我一生中还从来没有见过一个小偷呢。或者更坦率地说，在伦敦求学时，为了学好我的英语，我经常去旁听法庭审判，有一次我正遇上两个警察把一个脸上长着疙瘩的红头发的小伙子押到法官面前。桌子上放着一个钱袋，这是物证，一两个证人发过誓，然后做证，随后法官嘟嘟囔囔了几句含混不清的英语，红头发小伙子就消失了。如果我听得不错的话，他被判了六个月。这是我见过的第一个小偷，但不同的是，我当时根本无法证明这个小伙子真的就是小偷。因为只是证人证实他有罪，我也只是旁听了法庭对罪行的重述，而不是目睹罪行本身。我仅是看到一

个被告和一个被判有罪的人，没有看到真的盗贼。因为一个盗
贼只有在他进行偷盗的时刻才是一个盗贼，而不是在两个月之
后，因为他为他的罪行站在法官面前，这就像诗人只有在他创
作时才能真的称得上是诗人，而不是在一两年后他在扩音机前
朗诵他的诗作时。作案者唯有在他作案时是作案者，这才是真
实的、可靠的。现在我有难得一遇的机会，去窥视一个小偷的
最富有特征的时刻，去窥视表现他本性中最最内在的真实的那
种稍纵即逝的瞬间，这样的机遇太稀有了，犹如去观察女人的
受孕和分娩一样。就是想到了这种可能性我才激动起来。

　　我毫不犹豫地决定，不去错过这样一次如此精彩的机遇。
不放过他进行准备的细节和作案本身。我立刻放弃咖啡店前的
扶手椅，因为我觉得在这儿我的视野太受到限制了。现在我需
要一个一览无余的，一个所谓可以活动的位置，从那儿能不受
妨碍地进行窥探。几经试验，我选中了一个商亭，上面贴满了
巴黎各家剧院五颜六色的广告。在那儿我能装作细心看广告的样
子，不会被人注意，在此期间我却能在圆形的柱子保护下注视他
的一举一动。我带有一种我自己都无法理解的执拗去观察这个可
怜虫所干的困难而又危险的营生。我关注他，就我所能记起，

这比我在剧院或在一部电影中关注一位艺术家还要紧张呢。因为现实在其最丰富多彩的时刻超越和高出任何一种艺术形式。现实万岁！

在巴黎的林荫大道上，从上午十一点到十二点的整整一个小时的时间对我而言真的就是短暂的一瞬，因为它充满了持续的紧张感，无数的微小的激动人心的决断和偶发事件。我可以一连几小时来描述这一小时，它充满了神奇的能量，它借助其赌博的危险性而引人入胜。直到今天我还从来没有，即使在相似的情况下，也没有想到过，这样一种非常困难和几乎难以学到的技艺，不，在宽大的马路上，在光天化日之下，去掏包偷钱是怎样一种可怕的，紧张得使人恐怖的艺术。直到今天，在我的想象中，小偷只不过是一种胆大妄为和技艺娴熟的模糊不清的概念罢了，我认为这门手艺实际上仅是手指的功夫而已，与玩杂耍或变小魔术没有什么两样。狄更斯在《奥里弗·特威斯特》里曾描写过一个小偷师傅教一些小孩子怎样把一条手帕从上衣里不被察觉地掏出来。在上衣的口袋上挂着一个小铃铛，当这些新手把手帕从口袋里偷出小铃铛响了起来时，那这次扒窃就是失败的，是太笨拙了。但是我现在才觉察到，狄更斯注意的只是这种营生的粗糙的技术层面，只是指法的艺术。或许他从来就没有观察过一个实地作案的小偷，或许他从来就没有机会（如现在我通过一种运气偶然得到的）发现，一个在光天化日下进行作案的小偷，不只是需要一只灵活的手，而且要有一种深思熟虑的精神力量，要有自我控制的能力，一种训练有素的、同时是冷静的和像闪电般迅速的心理素质，尤为重要的是一种异乎寻常的、疯狂般的胆量。在经过六十分钟的实地学习，现在我明白了，小偷必须具有一个外科医生进行心脏缝合手术时的那种决断敏捷，任何一秒钟的迟疑不决都会是致命的。在进行这样一种手术时，病人躺在那儿至少要进行氯仿麻醉，他无法活动，不能反抗。而这儿的情况呢，这种轻微而突然的触动必须是在一个完全清醒的身体上进行，而人身上放钱包的部位恰恰格外敏感。当小偷在作案时，当他把他的手闪电般伸出时，恰恰是在作案最最紧张、最最激动的瞬间，他必须同时要完全控制他脸上的全部肌肉和全部神经，他必须表现淡定，几乎近似漠然。他不可以流露出他的不安，不可以像凶手那样在用刀子作案的同时，瞳孔里映射出他捅刀子时的残暴表情。一个小偷把他的手伸向猎物时，必须面带清澈和善的目光，在相互接触的当儿，要谦恭地用漫不经心的语调说声"对不起，先生"。在作案的瞬间仅有聪明、清醒和机敏还是不够的，之前他要明白，他必须要有渊博的知识人的能力，他必须要像一个心理学家和生理学家一样对他的猎物进行考察。因为只有漫不经心和轻信不疑的人才在考虑之内，而在这些人中仅有那些上衣没有系上纽扣的人，那些步履缓慢的人，那些可以不被察觉就能靠近的人，才是他真正的对象。我在这段时间数过，马路上有成百上千的人，在他们中间也不过一两个人是真正的猎物，不会更多。只有在极少的对象身上，一个明智的小偷才敢于作案，在这类人身上动手少有失败，即使是有，那也是由于数不清的偶然性影响造成的，且多在最后几分钟才放弃。丰富的人生阅历、警觉性和自我控制对这门营生是十分必要的（我能证明这点），因为也要考虑到，小偷在用紧张的感官选择和靠近猎物期间，同时必须用他那些强力痉挛起来的感官中的一个去关注和确保，他在作案的同时不被他人看到，不管是在街角上窥视的一个警察或是一个侦探，或者是那些总是在大街上游来逛去的好奇心盛的路人。他必须经常眼观六路，看是否他的手在匆忙中会因橱窗的映射而露出马脚，是否有人从一个店铺或在一扇窗户里监视他的行动。他付出的努力之巨大，与危险相比几乎不成比例。因为一次错误，一次失手，那就得有三四年的时间再见不到巴黎的林荫大道了。手指的轻轻一次颤抖，匆忙中神经质般的一次触动，就要付出自由的代价。光天化日下，在一条林荫路上行窃，我现在才知道，这是一种最最勇敢的壮举。此后，每当报纸把这一类盗窃行为当作无足轻重的小事，给罪犯很小的版面和寥寥三行文字时，我觉得这是不公平的。因为在我们这个世界上，在所有被允许从事的和不被允许从事的技艺中，它是最最危险、最最困难的技艺之一——从它的最高的成就而言，几乎有权称自己是艺术。我可以这样说出来，我能够证明这一点，因为在四月里的这一天，我曾经亲自经历过，我亲自感受过。

感同身受，这绝不是夸张，我这样说，那是因为一开始，在最初几秒钟我对这个人干的这种营生仅是冷静的纯事物性观察而已；但每一次心怀狂热的观察都会不由自主地激发起情感，一再地与情感联结起来，就这样我开始逐渐与这个小偷合而为一了。在某种程度上我已进入他的肌肤，进入他的双手，我从一个旁观者变成他灵魂上的一个同伙，为什么会这样，连

我自己也不知道，而且我本也不想这样做。这种转变的过程的
开始，是我在一刻钟的观察之后，令我惊异的是，我已在衡量
那些路人中间有谁适合下手，有谁是不适合下手的猎物。他们
上衣是扣上的还是敞开的，他们的目光是漫不经心的还是警觉
的，他们贴身的钱包是否能轻易到手。一句话：他们是否我这
位新朋友的目标。不久我甚至不得不承认，在这场开始进行的
斗争中我早不再是中立的了，而是从内心已经无条件地渴求他
的作案最终能够得手。是呀，我甚至不得不费力去遏制那种帮
他作案的急迫愿望。正如赌客身边一个喜欢饶舌的旁观者总是
热心地用胳膊轻轻地去触动赌客，警告他注意出牌一样，我现
在恰恰就是这样猴急。当我的朋友错失一个极好的机会时，我
便递眼色给他：别放过那边的那个人！就是那儿的那个胖子，
他抱着一大束鲜花。或者，当我的朋友又一次在拥挤的人群中
出现时，意想不到在街的拐角出现了一个警察，我觉得我有义
务去警告他，因为这时惊恐已深入我的双膝。好像我已经被抓
住了一样，我感觉到警察的沉重手掌已拍到他的肩膀，已拍到
我的肩膀。但是，不用担心了！这个消瘦的汉子又堂而皇之和
若无其事地从人群中走了出来，且从危险的岗亭旁走了过去。

这一切够紧张的了，而这还不够刺激呢，因为我越是深切地体会到这个人的感受，越是从他二十次失败的作案尝试中开始理解他的这门技艺，我就越是变得焦急万分。他为什么还不动手，而只是在考察在尝试？！我开始对他愚蠢的迟疑不决和一再的规避退缩恼火起来，活见鬼了，你倒是动手呀，胆小鬼！鼓起勇气！就是那边的那个人，那边的那个人！你终归要出手呀！

　　幸运的是我的朋友并不知道也没有想到，我对他怀有的这种不受欢迎的关切，不会因我的焦急而慌乱失措。因为这就是真正的久经考验的艺术家与新手、半吊子和门外汉之间的区别，艺术家出于无数的阅历和每一次真正的成功之前遭受到的那些必然的失败，知道他在等待和耐心之中才会获得决定性的良机。完全像诗人在创作时那样，他毫不在意地放弃成百上千个表面看来诱人和完美的念头（只有那些半吊子作家才会立刻就用鲁莽的手抓住不放），以便倾其全力用在最后的一击上。这个瘦小虚弱的人让数以百计的机会随意溜走，而我在这门营生中是半吊子、门外汉，却把它们看作难遇的良机。他在考察，他在尝试，他在盘算，他靠近人群。他的手肯定不下百次地触动陌生人的口袋和大衣。但他却一次也没有动手，他毫不疲倦地耐着性子，装作漫不经心的模样，在离橱窗几步的距离转来转去，目光警觉，斜视周围，审视各种可能，衡量我这个新手根本看不到的危险。这种平静的、匪夷所思的坚持虽令我焦躁，却又兴致盎然，使我有把握感到他最后必然成功。因为恰恰是他的那种韧劲表明，在他得手之前，他是不会放弃的。因此我下定决心，看不到他的胜利，我是不会先一步离开的，哪怕是等到深夜。

已经是中午时分，是人的潮水来临的时刻，突然从所有的大街小巷、楼梯和庭院，一股股人的溪流涌向林荫大道宽广的河床。工人、缝衣女工、售货员和无数被关在三楼、四楼、五楼作坊的人都一下子从工作室、工厂、办公室、学校和事务所里冲了出来。他们像一股昏黑的浮动的蒸汽一样冒出，随之在马路上分散开来，穿白色衣衫和工作服的工人，三五成群的女店员，连衣裙上别着紫罗兰花朵，她们叽叽喳喳说个不休，身着鲜亮礼服的小官吏，腋下夹着皮包，行李搬运夫，穿蓝色军装的士兵，以及大城市里的形形色色的人。这些人长时间，太长时间坐在令人窒息的房间里，现在他们要活动一下手脚，摩肩接踵，熙攘往来，贪婪地呼吸空气，吸香烟，吞云吐雾，

在一个小时的时间里，马路上由于他们的同时出现，像是喷射
出充满欢乐生机的火光。因为也只有一个小时，随后他们又得
回到关闭的窗户里，开动车床或者缝衣机，坐在打字机前敲动
键盘，计算一行行数字，或者印刷或者剪裁或者制鞋。他们身
上的肌腱知道这一点，于是他们才如此纵情欢乐；他们的灵魂
知道这一点，于是他们才如此恣意享受。这时刻是短暂的啊。
他们贪婪地攫取和捕捉光明和快乐，凡是一种真正的乐趣和一
种快意的玩笑，他们都趋之若鹜。毫不奇怪，首先展出猴子的
橱窗就有力地满足了这种免费娱乐的愿望。人们饶有兴趣地围
拢在玻璃窗前面，靠前的是那些女店员，她们的吵吵嚷嚷，就
像从一个嘈杂的鸟笼里发出的尖厉的叽叽喳喳声。与她们挤在
一起的是那些工人和游手好闲的混混，他们口吐脏话，动手动
脚。围观的人越来越多越来越拥挤，形成紧紧的一团。这时我
的朋友身穿草黄色的外衣，像一条小金鱼一样，活跃而迅疾地
在人群中游来游去。现在我不能长时间停留在我这个不利的观
察点上了，当务之急我要从近处清晰地去关注他的手指，以便
去熟悉这门营生中令人兴奋的动作。但这可要付出极为艰巨的
努力，因为这条训练有素的猎犬有一种特殊的技能，变得滑不

唧溜的，像条鳗鱼一样，能从拥挤人群的极小缝隙中穿过去。刚才他还安静地候在我身旁，可现在他突然消失不见了，而就在这同一瞬间他已经挤到玻璃窗前，居然一下子就穿过了三四排人。

我当然要随在他身后挤过去，因为我怕在我到达橱窗前时他又以他惯有的出没无常时左时右的方式消失不见。但不，他在那非常安静地等待，安静得出奇。要注意啦！他一定在转念头，我立刻告诉自己，要留心观察他身边的人。站在他身旁的是一个胖胖的妇女，看来是一个穷人。她右手亲切地挽着一个十岁模样的面色苍白的女孩，左手拿着一个敞口的廉价皮制购物袋，两根长长的白色面包棍，随意地竖放着，露出一端。很显然，购物袋里的食品是她丈夫的午餐。这个老实的普通女人，没戴帽子，围着一条刺眼的头巾，身穿一件自己缝制的方格印花布连衣裙。她为猴子的嬉闹高兴得难以形容，她的宽大得几乎显得肿胀的身体由于大笑而颤抖起来，这使购物袋中的两根面包上下跳动不已。像被挠痒一样，她咯咯大笑，笑得前仰后合，很快她就同那些猴子一样，给了人们同样的快乐。在生活中很少享受到这种难得一见的欢乐场景的人，他们都心怀本性中那种质朴的乐趣，心怀极大的感激：啊，只有穷苦的人才会有这样真正的感激；对他们而言，当他们不花费一个铜板就能快乐，就像上天所赐那样，这才是享受中的最高享受。这个善良的女人俯下身来问孩子，她是不是看得清楚，别错过猴子的滑稽场面。"好好看，玛格莱塔。"浓重的南方口音一再地鼓励面容苍白的女孩，显然在陌生的人群中孩子羞于大声地欢笑。这样一个女人，一位母亲，真是令人高兴，她是大地女神盖娅的女儿，法兰西民族健康快乐的丰硕果实。这位杰出的女性，为了她那开怀的、欢快的、无忧无虑的欢乐，能拥抱她该多好。但突然我有了点不祥之感。因为我注意到，那个身穿草黄色外衣扒手的衣袖在越来越靠近那个无忧无虑女人敞开的购物袋（只有穷人才是无忧无虑的）。

上帝啊！你不是要偷这个穷苦诚实的，这个无比善良和快乐的女人购物袋里的钱包吧？突然我心头涌起了愤懑。迄今为止我一直心怀快乐地在观察这个偷包贼，出自我的肉体，出自我的灵魂。我在想，在感受，在希望，甚至祈愿，在他投入巨大的勇气，付出努力，冒着风险后，最终能取得一次小小的成功。但是现在我开始不仅在注视他偷窃的企图，而且也注视那个被偷的人，这是一个朴实得令人感动，无忧无虑得令人愉悦的女人。她也许花上几小时打扫房间和擦洗楼梯才能赚到几个铜板。我感到愤怒了！你这个家伙，滚开！我真想对他大喊一声，不要碰这个女人，去找别的人！于是我竭力地挤到前面，靠在这个女人的身边，保护那个面临危险的购物袋。但恰恰在我往前挤的当儿，这个家伙却转过身去，从我身边一滑而过。在他擦身而过时，告罪地说道："请原谅，先生。"声音非常细微而谦卑（这是我第一次听到他说话），随之那身草黄色外衣就从人群中溜走了。我不知道这是为什么，我有这样的感觉：他已经得手了。现在我可不能让他从我的眼里溜掉！我身后的一位先生骂了我一句："野蛮人。"因为我狠狠地踩了他的脚。我从熙熙攘攘的人群中挤了出来，正好来得及看到那件草黄色大衣从林荫道的拐角飘动起来，直飞进旁边的一个巷子。我现在跟在他的后面，跟住他！紧紧盯住他的脚跟！但是我得加快我的脚步，我开始几乎不相信我的眼睛，因为这个人陡然变成了另一个样子。先前显得畏葸不安，几乎是昏昏沉沉，甚至是跌跌撞撞，而现在却轻快得像一只黄鼠狼，沿着墙边匆忙行走，有如一个消瘦的公务员误了汽车迫切想及时赶到办公室一样，步调显得惶惶不安。我不再怀疑了，这正是行窃得手后的脚步，是想尽快和不惹人注意地离开作案地点的第二种脚步。不，毫不怀疑了，这个流氓从购物篮子里偷走了那个穷苦女人的钱包。

　　在我一开始发火时，我几乎想发出警告：抓小偷啊！但我缺乏勇气。因为不管怎么说，我并没有看到他进行盗窃的事实，我不能事先认定他犯有罪过。抓住一个人并以上帝的名义扮演法律的角色，这需要一种勇气呀，可我从来缺少这样的勇气，去指控去告发一个人。我很清楚，在我们这个混乱不堪的世界，所有的正义都是有缺欠的，从一种存疑的单一事件中去把握真相，那是怎样的傲慢专横。正当我还在思考该怎么办时，令我为之惊愕的事情发生了：这个奇怪的人在不到两条马路远的地方蓦地迈着第三类脚步出现了。他一下子停下快速的奔跑，不再佝偻身子，而是突然变得十分平静，泰然自若，像是信步而行的样子。显然他知道他已跨过了危险地带，没有人跟踪他了，这就是说没有人能抓他了。我明白了，在高度的紧张之后他要轻松地呼吸，他是一个退了休的小偷，是他这项职业的一个享受养老金的人，是巴黎成千上万人中的一个，可以叼起一支燃起的香烟平静泰然地漫步在巴黎的碎石路上。这个瘦弱的人毫无罪疚之意，踱着悠然、舒适和懒散的步子朝着德安丁大街走去。我第一次有了这样的感觉：他甚至对过路的姑娘的娇美仔细地观赏，并寻找接近的机会。

这个老是有出人意料之举的人现在要到哪儿去？看见了吧，他到了三一教堂前那个一片新绿、鲜花盛开的小广场，为什么？啊，我懂了！他要在一条长凳上好好休息几分钟，为什么不呢？这种不断来回奔波一定是够累的了。可不是这样，这个令人不断惊奇的人并不是去坐到一条凳子上，而是看准了目标直奔向——我现在请求原谅——一个专供公众解手用的小房子，进去后他谨慎地关上了那扇大门。

在最初的一瞬间我忍俊不禁大笑起来：这样一种艺术竟然会终结在一个如此平庸的地方？或者恐惧竟然直沁入你的五脏六腑？但是我又看到了，永远喜欢恶作剧的现实总是能找到令人愉悦的花样，因为现实比那些善于虚构的作家更为勇敢。现实敢于毫无顾忌地把异乎寻常与卑微可笑并列在一起，心怀叵测地把普通的人性与令人惊奇的人性并列在一起。就在我坐在一条长凳上——除此我能做什么呢——等待他从这间灰色小房里再度现身时，我明白了，此种营生中的这位行家里手，当他独自处在四面墙内时，在里面只能是合乎逻辑地干他这门行业中该干的事情，清点他的收获。因为对一个职业扒手而言，他必须及时地考虑到，把他所有的证据要完全清除干净。这是我们这些外行人根本就没有考虑到的难题（这一点此前我从来没有想到）。在一座永远警觉的、有千万双眼睛在窥视着的城市，很难找到这样一个地方，躲在四堵墙里。如果有人难得地读到法庭审讯记录，那他每一次都会惊奇，在一次最微不足道的事件中都有许多证人出场做证，他们有魔鬼般的精确的记忆力。当你在马路上撕碎一封信，把它扔到路旁泥坑里时，那会有十几个人在盯着你，而你却浑然不觉。五分钟之后，还会有某个无所事事的年轻人或者是出于开玩笑的目的，把这些碎片拼在一起。如果你在楼道里检查了一下你的钱包，那明天这个城市的某个你根本没有看到过的女人就会跑到警察局声称自己失盗，对你进行一番细致入微的描述，像是巴尔扎克一样。当你进入一家餐馆时，你根本就未加理睬的侍者会注意到你的服装、你的鞋、你的帽子、你的头发颜色和你的指甲的形状是圆的还是平的。在每一扇窗户后面，在每一面橱窗的玻璃后面，在每一个更衣间后面，在每一个花盆后面，都有几双眼睛在盯着你。当你天真地以为，你是独自一人在马路上信步而行无人对你注意时，那儿到处都有非专业的证人在场。这是由好奇心织成的疏而不漏、每日更新的一张网，它罩住了我们的整个存在。你这个娴熟的艺术家，花费了五个铜板①，在这四面不透亮的墙里待上几分钟，这是多么精彩的主意。当你从偷来的钱袋中把钱掏出并把物证毁掉时，没有人能看得见，甚至是我，另一个你，一个在这儿等候的同路人，他既为你感到高兴也同时为你感到失望，他无法计算你偷了多少啊！

至少我是这样想的，但事情的发展却是另一个样子。因为当他用细长的手指打开那扇铁门时，我就知道他这次失败了，有如我与他一道清点过钱包一样，这次所获太微不足道了！他沉重地移动脚步，一个疲惫不堪、精疲力竭的人，目光低垂无力，眼皮耷拉下来，我一看这个样子马上就知道了：倒霉蛋，你这整个一上午算是白费劲了。

毫无疑问你偷来的钱包里没有什么可称道的（我若是事先

---

① 巴黎的公厕是要付费的。

告诉你就好了），顶多不过有两三张揉得皱巴巴的十法郎票子
罢了，你的所获与你在这次行动中所投入的巨大精力和所谓被
打断脖子的风险相比太微乎其微了——只是那个不幸的女人，
却是痛心疾首呀。她现在也许在伯来维尔区①不断地向女邻居哭
诉她的不幸遭遇，咒骂那个该死的小偷，一再地用颤抖的双手
抖搂她那购物袋。他这个可怜的小偷同样如此，我的眼睛就看
出来了，这次行窃是一次失败，几分钟之后我的推测就已得到
证实。这个可怜虫现在神形俱疲，在一家小鞋店前面他停下了
脚步，长时间渴望地打量橱窗里那些廉价的鞋子。一双鞋，一
双新鞋，他真的需要一双新鞋换掉脚上那双破鞋。他比成千上
万的人更迫切地需要，那些人今天都穿着漂亮的全皮底鞋或轻
松胶底鞋，在巴黎大街上游来逛去。而他迫切需要恰恰是为了
他的这种并不光彩的营生。但他那种既渴求而又绝望的目光暴
露出了，橱窗里标价五十四个法郎崭新锃亮的鞋，他的这次所
获是买不起的。他垂下铅灰色的双肩，躬身离开明亮的玻璃橱
窗，继续前行。

　　继续，往哪儿？再去干那种会被扭断脖子的勾当？再

———————————
① 此系巴黎一个穷人区。

一次为这样一种可怜的、寥寥无几的所得而去冒失去自由的危险？不，你这个可怜人，至少要休息一会儿嘛。真的，当我正被自己的希望所吸引时，他踅入一个巷子，在一家廉价的小饭馆前停下了脚步。我当然要跟在他的后面了。因为我要知道这个人的一切，到现在已经有两个小时了，一直是血管贲张，神经绷紧，与他同呼吸共命运哪！为了小心起见，我还迅速为自己买了一份报纸，以便用它遮住自己，我特意把帽子压到额头，进入饭馆，坐在他后面的一张饭桌旁边。但是我的这种小心没有必要了，这个可怜人再没有力气心怀好奇地左顾右盼。他用一种呆滞的目光，渴求和疲惫地凝视着白色桌布，直到侍者送上面包时，他那瘦骨嶙峋的双手活了，贪婪地扑向面包。他开始咀嚼起来，其速度之快使我惊愕地认识到了：这个可怜人饿了，一种真正的、名副其实的饥饿，从清晨，也许是从昨天就一直饥肠辘辘。当侍者给他送来他订的饮料，一瓶牛奶时，我对他产生的怜悯之情骤然变得炽热起来。一个小偷，一个喝牛奶的小偷！总是一些个别细微屑事会像一支燃起的火柴一样，一束火光就能照亮一个灵魂的深处。在这一瞬间，当我看到他，这个偷包贼，在喝所有饮料中这种最最朴素的、最最单纯的饮料时，当我看到他喝牛奶时，我就知道了，对我而言，他立即就不是一个小偷了。他只不过是这个扭曲世界里无数的穷苦人、被追逐的人、患疾病的人和不幸的人中的一个而已。我突然感到除了那好奇心之外，我与他在一种更深的层次上连在了一起。在共同的世间所有形式中，在赤裸身体时，在严寒酷暑中，在睡眠中，在精疲力竭时，在肉体遭受磨难时，把人区分开来的东西就消失了，把人类分为有德者和不义者，分为圣贤和罪犯的人为范畴就不存在了。剩下的就是可怜的野兽，永远是野兽，尘世上的生物，会饥渴，需要睡眠，知道疲倦，像你和我，像所有人一样。在他小心翼翼地，却又贪婪地饮用浓牛奶并最后还将面包屑吃得精光的当儿，我像着魔似的看着他，这同时我为自己的这种观望感到羞愧，到现在我已经有两个小时就为了我的好奇心，像关注一匹赛马一样任凭这个不幸的被追逐的人沿着他那条黑暗的路跑下去，而我没有设法去阻止他或者去帮助他。一种难以衡量的渴望攫住我，想走到他的面前，与他交谈，给予他点什么。可怎么开始呢？怎么与他交谈呢？我在斟酌，我在寻思如何开口，找一个借口，可毫无结果，这使我痛苦至极。我们这类人就是这个样子。在需要做出一种决断时，想的倒是大胆，可做起来却瞻前顾后，畏畏缩缩，连把人与人之间那层薄薄空气隔开的勇气都没有，甚至是当我们知道他处于悲惨境地时也是如此。但是每一个人都知道，去帮助一个并没有要求帮助的人是最困难的了，因为这个没有要求帮助的人还拥有他的财富：他的自尊。这是人们不可以去大加伤害的。只有乞丐会使你在施舍时感到轻松，为此你应当去感激他们，因为他们不会对你表示拒绝。可这个人却是一个傲慢型的人，他宁愿冒失去个人自由的危险而不去乞讨，宁愿去偷而不去领救济。如果我找某一个借口，愚蠢地走到他眼前，那不是对他的一种灵魂上的谋杀吗？他那样困顿劳累地坐在那里，任何一种干扰都是一种粗暴之举。他把座椅推到墙壁，使身体紧靠在椅背上，头倚在墙上，垂下铅灰色的眼帘，一会儿便闭上了眼睛。我明白了，我感觉到，他现在最想做的是睡一觉，十分钟，哪怕只有五分钟。恰恰此时我感受到了他的疲惫不堪、他的精疲力竭。他脸上的苍白不就是一间灰白的囚室的白色阴影吗？衣袖每次活动都会露出的窟窿不就是表明他没有得过一个女人的关怀和良好的机遇吗？我试图想象他是怎样生活的：在某一栋带有阁楼的楼房里，一间没有取暖设备的房子，里面有一张肮脏的铁床，一个有裂纹的脸盆，一个小箱子，这是他的全部财产。在这样一个狭小的房间里他还得时时心怀恐惧，唯恐听到警察踏上嘎嘎作响楼梯发出的沉重脚步声。在这两三分钟里，我看到了这一切，他憔悴困乏地把瘦骨嶙峋的身体和已泛灰白的脑袋倚靠在墙上。这时侍者已经在引人注意地拾掇用过的刀叉，他并不喜欢这一类晚来和乏味的客人。我第一个站了起来付账，快速地走了出来，避免与他的目光相遇。几分钟后，当他出现在马路上时，我跟了上去。我要不惜代价，不再让这个可怜人沉沦下去。

现在不再是把我紧紧束缚住的一种好玩的和刺激神经的好奇心了，像上午那样；不再是去想见识一种我不熟悉的营生的那种异样的乐趣了；现在是一种阴郁的恐惧，直提到了嗓子眼上，一种可怕的压抑的情感。当我看到他又一次走上林荫大道时，这种压力使我透不过气来。上帝保佑，你不是要再次到展出猴子的橱窗那儿去吧？不要做傻事！你要考虑呀，那个女人早就报告警察局了，她肯定还在那儿等着呢，会立刻就抓住你的薄薄大衣不放的！

说真的，你今天不要干了！别再去尝试了。你不在状态，你已经没有精力了，没有热情了，你累了，在艺术活动中一开始就显得疲惫，那做起来永远是糟糕的。你最好休息，躺在床上，你这个可怜人，今天什么都不要做，就是不要今天去做。我无法解释，为什么我竟然有了这样的恐惧思想，为什么会产生一种幻觉，肯定他在今天第一次下手就必然被抓住。我的这种忧虑变得越来越强烈，当我们越来越接近林荫大道时，我就听到那里人声鼎沸，一片喧嚣。不，决不要再到那面橱窗前面，我不允许，你这个傻瓜！我紧张地跟在他的身后，准备伸手抓住他的衣袖，把他拽回来。但他好像懂得了我内心发出的命令，意外地转了个方向。在林荫大道前面的特洛奥大街，他穿过车行道，步调突然变得坚定起来，好像那儿有他的家，他像在回家一样。我立即就认出了这栋楼房：特洛奥饭店，巴黎著名的拍卖大厅就在里面。

我为之一怔，我不再知道，这个令我诧异的人还要我吃多少次惊呢。在我努力去猜度他的生活时，我必须同时去迁就他身上一种满足我秘密愿望的力量。在巴黎这座陌生的城市中，我今天早上原本就打算去参观这样一座建筑，因为它总是能使我度过令人激动的增长知识同时又是趣味盎然的几个小时。它比一个博物馆更为生动，每时每刻变幻不定，总是异样总是同一。我特别喜欢这座外表不显眼的特洛奥饭店，它是一件最美的展示品，因为它以最最惊讶的简化方式表现了巴黎生活的整个本相。通常在一幢住宅中联为一个有机整体的，在这里却分割和消解为无数个单一的东西，就像一家肉铺中一个硕大的野物被切割开来的身躯一样，最陌生的和最不相容的，最神圣和最平庸的在这里通过最最普通的一种东西而联系起来：这儿展示出的一切都会变成钱。床和耶稣受难十字架，帽子和地毡，钟表和洗漱用品，乌敦①的大理石雕像和黄铜餐具，波斯微型艺术品和镀银的烟灰缸，陈旧的自行车，与之并排在一起的有保尔·瓦勒里②的初版诗集，唱机与哥特式的圣母像，凡·戴克③的画依次挂在墙上，旁边是脏兮兮的油画、贝多芬的奏鸣曲，紧靠在一起的是破旧的火炉，有用的和多余的物件，拙劣的作品和价值非凡的艺术品，伟大的和渺小的，真实的和虚假的，

① 乌敦·让·安东尼（174i—1828）：法国雕刻家。
② 保尔·瓦勒里（1871—1945）：法国象征派诗人。
③ 凡·戴克（1599—1641）：佛兰德斯杰出的画家。

新的和旧的——凡是由人双手和人的才能所创造出的一切，最崇高的和最愚笨的，都流入这家拍卖行。它冷酷无情地把这座巨大城市的全部价值吸了进去并吐了出来。在这座残忍的，把一切价值都变为钱币和数字的转运场里，在这座人的虚荣和需求的巨大杂货市场里，在这个奇妙的场地，人们能比在任何一个地方都更强烈地感受到我们这个物质世界的混乱庞杂。窘迫者在这里可以出售一切，富有者可以购买一切，在这里人们不仅能购到物品，也能增长阅历和知识。在这里一个留心者能通过观察和谛听更好地理解每一种事物，艺术史的知识、考古学、图书馆学、集邮、钱币学，还有重要的人类学。正如在这座大厅中转移到另外人手中和在此摆脱物主奴役的物件是如此的五花八门一样，那些来此的人的种族和阶层同样是形形色色各不相同。他们都怀着购买欲和好奇心拥挤在拍卖厅桌子的四周，眼睛由于交易的欲望和神秘的收获的怒火而变得焦躁不安。在这儿有身穿毛皮大衣头戴崭新圆形礼帽的大商贾，坐在他们身边的是脏兮兮的小古董商和塞纳河左岸的旧货商，这些人要用假的东西充实他们的货架；那些投机商和中间贩子在人群中穿来穿去，吵吵嚷嚷，叽叽喳喳；代理人，抬价人，"混

混儿"，是这个战场中不可缺少的鬣狗，他们迅疾地抓住廉价
的东西，或者，当他们看到一位收藏家渴求得到一件价值非凡
的物品时，就相互示意，把价格哄抬上去。甚至一些本人就快
变成羊皮纸的图书馆学者戴着眼镜在这里像睡意蒙眬的貘一样
四处蹒跚；又进来一些色彩艳丽的极乐鸟，打扮入时珠光宝
气的贵夫人，她们事先就已派来仆人，为她们占了拍卖桌前的
位置。那些名副其实的行家里手站在一个角落里，目光淡定，
安静得像仙鹤一样，他们都是收藏家共济会的成员。所有这群
人，他们或是出于生意上的动机，或出于好奇心，或出于对艺
术的热爱，都心怀真正的关切被吸引来此。除此之外，每一次
都有一些偶尔来此仅是猎奇的人，他们来此是为了享受免费提
供的火炉取暖，或者为闪闪发亮的喷泉喷吐出的越来越高的数
字而感到愉悦。但到此的每一个人，都有一个欲望，收藏、博
弈、赚钱、占有，或者取暖，因为别人的激动而自己激动。这
种喧嚣嘈杂的人的混沌分门别类都归入包容各种面相的一个完
整的难以想象的总体。但是我却从没有看到也从没有想到我的
这位老朋友，这类小偷会在这儿出现。我看到我的朋友怀有一
种信心十足的本能潜入进来，现在我立刻明白了这也是他的一

个理想的，甚至是巴黎的一个理想的用武之地，他能大展身手，显示他的高超才艺。因为这里具备了各种必要的要素，并以最奇妙的方式联结在一起。可怕的几乎难以忍受的拥挤，对观望、等待以及对唱价的渴求，绝对能分散人们的注意力。还有第三点：一个拍卖机构，除了是一个竞争的赛车场，几乎是我们今天世界的最后一块场地，在这里一切都必须当场交付现金。这就可以想象到了，在每一个人的口袋里都装有一个鼓得圆圆的钱包。对一只灵活的手而言，这里是施展本事的最好机会，要不就再没有了。或许，我现在理解了，上午的小试牛刀，对我的朋友而言只是手指的一次训练而已，在这里他可是要施展他的绝活了。

当他懒洋洋登上二楼时，我想最好抓住他的衣袖把他拽回来。上帝保佑，难道你没看见那儿贴的一张布告，上面用英法德三种文字写着"谨防小偷"吗？你这傻瓜，难道你没看见？他们早就知道在这儿有你们这一类人，在这儿肯定有十几个密探在拥挤的人群中四下窥视，再说，相信我，你今天不会得手的！但是他用冷静的目光扫视了好像早就熟悉的布告，随即这位熟门熟路的行家平静地登上台阶。这是一种战略上的决定，我只能表示赞同。因为在第一层的大厅里拍卖的只是些粗劣的家用物件和家具，箱子和柜橱，一群既没有油水也令人乏味的旧货商在里面吵吵嚷嚷、挤来挤去，这些人或许还保留着农民的良好习惯，把钱袋稳妥地缠在腰上，靠近他们既没有油水，也不是什么好主意。但在二层，拍卖的却是名贵之物，绘画、首饰、书籍、手稿、宝石，这里的买主毫无疑问都是钱包鼓鼓，且都无忧无虑、优哉游哉。

　　我费力地跟在我的朋友身后，因为他从大门进来之后就穿来穿去，在各个大厅里进进出出，在每一个大厅里去寻找机会。他就像一个美食家那样耐心，毅力十足地像看一份特殊的菜谱一样去查看张贴的那些广告。最终他选中了第七大厅，这里将拍卖"伊文斯·戴·G.伯爵夫人收藏的中国和日本瓷器"。毫无疑问，今天这儿有极具价值的珍品，人群密集，几乎难以插足，从入口处根本就看不见拍卖台，看到的只是大衣和帽子。也许有二十或三十层人墙，水泄不通，无法看到那张长长的绿色拍卖台。我们站在入口处的位置，从这里恰恰还能看到拍卖人好笑的动作：他站在高处的台上，手执一柄白色的槌子，像一个乐队指挥一样指挥着整场的拍卖音乐。经过令人畏惧的长时间休止，总是一再地引向一个"Prestissimo"[①]。可能他像住在梅尼蒙坦或一个郊区某个地方的小职员一样，有两个房间，一个煤气灶，一个留声机——这是他最贵重的财富，在窗前摆放一两盆天竺葵。但这里他站在高雅的听众面前，身穿笔挺的礼服，精心梳理的头发涂着油，显然是在愉快地享受难以形容的乐趣，每天在三小时里用一柄小小的槌子可以把巴黎最最贵重的东西变成钱。面带一个杂技演员做作而熟练的和蔼表情，他开始从左，从右，从台前和大厅的后面，听到不同的报价并喊出："六百、六百一十、六百二十。"这些数字，优雅得像彩球一样被掷了出去，元音浑厚圆润，辅音相互牵扯，这同样的数字如升华了似的被掷了回去。这期间他扮演一个陪酒女郎的角色，每当没人出价和数字的旋风停下来时，他就用一种诱人的微笑，警告说："右边的人？左边的人？"或者他双眉戏剧性地紧皱，用右手举起那柄至关紧要的象牙小槌，威胁地说道："我要落槌了。"或者他微然一笑："先生们，这可不贵啊"。这期间他朝个别的熟人打招呼，对某些出价

---

① 意大利文，音乐术语：最快速。

人狡黠地递送鼓励的眼色。拍卖每一件新的物品时，他都简单和必要地喊出，"第三十三号"，语调开始时是干巴巴的，但随着价格的攀升，他的男高音便越来越有意识地增强了戏剧性。在三小时之内，三百或四百人的群体，人们都屏住气息贪婪地时而凝视他的嘴唇，时而凝视他手上那柄富有魔力的小槌，这在他肯定是一种享受。他只是偶尔出价后的工具，但却自以为是在主宰一切，这种谵妄给了他一种心醉神迷的自我感觉。他像孔雀开屏一样，炫耀起他的口才，可丝毫阻止不了我内心的判断：他的全部夸张的表情对我的朋友而言，只不过起着一种必要的转移注意力的作用罢了，就像上午那三只滑稽逗乐的猴子一样。

　　我这位大胆的朋友暂时还无法利用这位同谋犯的帮助，因为我们还一直无可奈何地站在最后一排，而想从聚集在一起的、暖烘烘和稠密的人群中挤到拍卖台前，我觉得根本就是不可能的。但我又一次看到了，在这种有趣的活动中，我是一个道地的门外汉。我的这位伙伴是一位经验十足的大师，他早就知道总是在拍卖槌终于落下的那一瞬间——七千二百六十法郎，男高音欢呼起来，密不透风的人墙会蓦地松散开来。那些激动的人头垂了下去，交易者把价格标在目录上，时而有一些好奇者离去，空气瞬时就在挤在一起的人群中间流动起来。他迅速出色地利用了这个时机，低下头像一枚水雷似的挤了进去，一下子就穿过四五层人。而我呢，曾对自己发誓，决不让这个冒失鬼任性而为，但突然他消失不见，只剩下我一个人了。虽然我现在也同样向前挤去，可拍卖重新开始。人墙又聚拢在一起，我无助地被卡在挤得密不透风的人群中间，像一辆陷在泥淖中的小车一样。这种炽热的、黏稠的挤压太可怕了，前后左右都是陌生的躯体，陌生的服装，贴得如此之近，连邻近人的一声咳嗽都令我为之一颤。再加上空气令人难以忍受，散发出灰尘、霉气和酸性的味道，特别是汗臭，凡是涉及金钱，这种汗臭无处不在。闷热难当，我解开了上衣，想掏出我的手帕，可没办法，我被挤压得太紧了。可我，可我不能放弃，我慢慢不断地继续朝前挤去，过了一层，又过了一层。但还是太迟！那身草黄色大衣消失不见。他一定藏在人群中某个不显眼的地方，没有人会察觉到他存在的危险。只有我一个人知道，我的神经由于一种神秘的恐惧而颤抖，这个可怜的魔鬼今天一定要倒霉的。我每一秒钟都在等时机，有人会喊叫起来：抓小偷！随即会一片混乱，一片嘈杂，他会被人拎出去，两条胳膊被紧紧地抓住。我无法理解，我为什么会产生这样可怕的念头，他今天，恰恰是今天他一定会失手的。

　　然而看吧，什么事都没有发生，没有喊叫，没有喧哗。正相反，交谈声、嘈杂声和叽叽喳喳声霎地都停了下来，一下子变得出奇的安静，这两三百人好像约好似的屏住气息，所有的目光都双倍紧张地望向拍卖人。他后退了一步，在灯光照耀下，他的额头闪现出一种特别庄严的光辉。这场拍卖的重头戏开始登场了：一只巨大的花瓶，这是中国皇帝在三百年前亲自派使者赠送给法国国王的。在大革命期间，好多这类的东西都以秘密的方式从凡尔赛宫中流入民间。四个身着制服的听差特别而同时又是惹人注目地谨慎地把这个宝贝物件放到拍卖桌上，圆圆的，白色透亮，上面带有蓝色的条纹。拍卖人庄重地咳嗽一声，喊出了价格："十三万法郎！十三万法郎！"回答这神圣的含有四个零的数字的是一片令人敬畏的静寂。没有人敢立即出价，没有人敢说话，甚至仅是移动一下脚步——挤在一起的人群由于敬畏变得目瞪口呆。终于在拍卖台左侧尽头有一个矮小的头发斑白的先生抬起头来，并快速轻声而几乎是迫切地说出："十三万五千。"拍卖人随即果断地回应："十四万"。

激动人心的游戏开始了：一家美国大拍卖行的代表总是只举出一个手指，就像一个电表一样，跳出的数字立刻就升了五千，坐在另一张桌子尾端的一位大收藏家（有人轻声地嘟囔出他的名字）的私人秘书有力地用加倍来回应。慢慢地这场拍卖成了两家出价者的对话，他俩相对而坐，可却固执地避开彼此的目光。两人都只把他们的报价朝拍卖人喊去，而拍卖人显然对此感到惬意。终于在喊到二十六万时，那个美国人不再举出手指了，喊出的这个数字像凝固了的声音一样空荡荡地悬在空中。气氛越来越紧张，拍卖人一连四次重复："二十六万……二十六万……"他像一只鹰扑向猎物般地把这个数字掷向高处。随后他等待，紧张地观望，失望地环顾左右（啊，他多么愿意把这场戏继续演下去）："没有人再出价了？"一片沉默，一片沉默。"没有人再出价了？"这声音几乎近于绝望。沉默开始颤动，没有声音的琴弦。他慢慢地举起槌子。现在三百颗心脏停止跳动……"二十六万法郎一次……第二次……第……"

　　沉默像一块岩石独自矗立在声息俱无的大厅，人们都屏住呼吸。拍卖员带着几乎是宗教般的庄严把象牙槌高举在人群之上。他再次威胁地说道："落槌了。"没有人应声，没有回答。随后他说出了："第三次。"象牙槌单调而恶意地落了下来。一切都成为过去！二十六万法郎！随着这小小单调的一击，人墙便摇晃起来，坍塌了，又恢复成一副副活生生的面孔。一切都在激动，在呼吸，在喊叫，在叹息，在窃窃私语。拥成一团的人群像一股激浪，在一阵不断的冲击下撞碰起来随即松弛下去。

　　这种冲击也触及我，却是一只陌生的胳膊碰到我的胸部。这时有人嘟囔了句："对不起，先生。"我为之一怔。这种声音！噢，这真是令人高兴的奇迹，是他，是那个我没找到的人，是那个我长时间寻找的人，是怎样的一种偶然，恰恰是这种松散的波浪把他推到我的跟前。感谢上帝，现在我又看到他了，又是靠得这么近，现在我终于能好好地监护他和保护他了。当然我要避免公开地直视他的面部，而只是从侧面轻轻地瞟着他，但不是窥视他的脸，而是他的两只手，他的作案工具，可他的双手却引人注意地消失不见了。不久我就发现，他的大衣袖子紧紧地贴在身上，像一个挨冻的人把手指缩进袖子里面似的，这样一来双手就见不到了。如果现在他要接触一个牺牲品的话，那只能被当作一件柔软的、没有任何危险的衣服的一次偶然的触动罢了。而那只准备行窃的手藏在衣袖里，就像猫爪藏在毛茸茸的脚掌里一样。做得出色极了，我为之惊叹。但谁是他这次行动的对象？我谨慎地向他右边的那个人睃去。那是一个瘦长的先生，衣服扣得紧紧的。在他前面的是一个宽大的无法下手的后背，这是第二个人。一开始我糊涂了，对这两个人中之一采取行动怎么能得手。但当我感到我自己的膝盖受到轻微的一撞时，我突然被一个念头攫住——像是一阵冷雨浸透全身：难道这些准备终归是冲我而来的？归根结底，你这个傻瓜，要对这个大厅里唯一知道你的底细的人动手，我现在要在自己身上来体验你的这门手艺？这是最后和最莫名其妙的一课！真的，这只不可救药的不幸的鸟看来寻找的恰恰是我，恰恰是我，他的思想上的朋友，唯一一个对他的这门营生熟谙得至深至透的朋友！

　　真的，毫无疑问，他是冲我来的，现在我可以不再怀疑了，因为我已经确切地感觉到，身旁的一条胳膊在轻轻地触动

我，藏着一只手的衣袖在一寸一寸地靠近我，这大概是准备在
拥挤的人群第一波涌动时对我的上衣和背心中间部位快速动
手。本来我现在可以用一个小小的动作保护自己，只消转向一
侧或把衣扣扣上就确保无虞了，但奇怪的是，我已经完全像被
催眠了似的，每块肌肉、每一条神经像是冻僵了一样。就在我
激动地等待的空当，我飞快地思考，我钱包里有多少钱，就在
我想到我的钱包时，我感到我胸前的钱包依然还在，稳妥且
温暖。每当人们想到它时，每颗牙齿、每个脚趾、每根神经就
会立刻变得敏感起来。钱包暂时还在老地方，我准备好了，
他可以动手，无须顾虑重重。奇怪的是我根本就不知道，我
是要他动手还是不要他动手。我的情感混乱至极，仿佛分成
了两半。因为一方面我希望他放开我，这是为他好；另一方
面我心怀紧张怕得要死，就像牙医用钻牙机触动病牙最痛部位
时一样，我期待他的技艺，我期待他决定性的出击。但他好像
要惩罚我的好奇心似的，不慌不忙，丝毫没有动手的意思。他
又停顿下来，靠紧了我，他谨慎地一寸一寸贴近我。尽管我
的思想完全都在关注这种挤迫式的接触，这同时我的另一个
思想却完全清清楚楚听到从拍卖台那边传来不断加码的报价

声："三千七百五十……没有人出价了？三千七百六十……
三千七百七十……三千七百八十……再没有人出价了？再没有
人出价了？"随后槌子落了下来。在这成功的一击之后，人群
又一次开始松动，就在这一刹那我感到一股波浪朝我涌来。这
不是真的触动，而是有点像是一条蛇在爬行，一股滑过身体的哈
气，是那么轻，那么快，如果不是我全部的好奇心都处在戒备的
状态的话，那我绝对感觉不到。像被偶然刮起的阵风翻起了我的
上衣似的，我感觉到，仿佛一只鸟从身边飞过似的轻柔……

我从未想到的蓦然发生了：我的一只手被从下面撞了一
下，我在我的上衣下面抓住了一只陌生人的手。我从没有想到
过这样一种自卫。这是我的肌肉的一种出人意料的反射动作。
出于纯肉体上的自卫本能，我的手机械地握紧了它。这真可
怕，令我自己感到惊讶和害怕的是我的手掌抓住了一只陌生
的、冰冷的和颤抖的手，不，这绝不是我的所愿！我无法去描
述这一秒钟。突然抓住一个陌生人的一只冰冷然而却是有生命
的手，吓得我发呆变傻。他由于害怕同样变得软瘫。正如我没
有力量，没有勇气松开他的手一样，他也没有胆量，没有勇气
把手挣脱回去。"四百五十……四百六十……四百七十……"

拍卖人在上面做作般地叫喊。我还一直抓住那只陌生的、冰冷发颤的小偷的手。"四百八十……四百九十……"一直没有人注意到我们两个人之间发生的事情，没有人会想到，这儿，两个人之间，仅只是在我们两人之间，我们绷紧了的神经在进行这场无名的战役。"五百……五百一十……五百二十……"数字一直在急遽上升，"五百三十……五百四十……五百五十……"终于，这整个过程不会超过十秒钟，我又能呼吸了。我松开那只陌生人的手。它立即抽了回去并在黄色大衣的衣袖里消失不见了。

"五百六十……五百七十……五百八十……六百……六百一十……"上面的报价声还在继续。我俩还一直靠得很近，两个人都因同样的经历而变得瘫痪了。我还一直觉得他的身体紧挨着我，暖暖的，现在当人群的激动松弛下来时，我发僵的双膝开始颤抖起来，我好像感觉到，这种抖动传到了他的双膝。"六百二十……六百三十……六百四十……六百五十……六百六十……六百七十……"数字越攀越高，而我们还一直站着不动。这支恐怖的冰冷的铁环把我俩连在一起。终于我找到了一种力量，至少是转过头来朝他望去。这同

一瞬间，他朝我看来，我直视他的目光。行行好，行行好！别
告发我！泪水汪汪的小眼睛像在乞求，他的被挤压的灵魂中的
全部恐惧，所有生物固有的原始恐惧，都从他那圆圆的瞳仁涌
出，他的小胡子在惊恐中颤抖。我清楚地看到只是那双睁大的
眼睛，那张面孔在极度惊恐的表情中消失不见了。此前我从没
有，以后也没有见到一个人会是这样。我感到无比羞愧，这个
人竟如此奴隶般地、狗一般地望向我，好像我握有生杀予夺大
权似的。他的这种目光使我感到自己卑贱，我窘迫地把目光移
到别处。

　　但他理解了。他现在知道了，我决不会，永远不会告发
他，这使他恢复了元气。轻轻地一摆，他的身体离开了我的身
体。我感到，他是要永远地摆脱我。他先是松动下面挤在一起
的双膝，随后我觉得我胳膊上那种黏在一起的温暖离我而去，
霎时，我发觉某种属于我的东西消失了。我身旁的位置已空无
一人，我的这位不幸伙伴一下子就腾出了这个地方。我先是感
觉到我周围空旷了，但随即的一瞬间我惊恐起来：这个可怜
人，他现在怎么办？他可是需要钱哪。为了这紧张的几小时，
我欠他一份情。我，他的伙伴，一个身不由己的伙伴，必须要

帮助他呀！我匆忙地随他挤了过去。但是灾难哪！这只不幸的鸟误解了我的善意，他从远处看见我尾随他，就怕了起来。在我示意他放心之前，草黄色大衣就飞快地下楼而去，消失在马路上人潮涌动的洪流之中。我的这门功课，出人意料地开始，同样出人意料地结束了。

（高中甫　译）

Part 3

月光巷

轮船为风暴所耽搁，很晚才在法国海港小城靠岸，因而未赶上开往德国的夜班火车。这样，未曾想到，我竟在这个陌生的地方待了一天，晚上，除了在市郊一家娱乐中心听听女子乐队演奏的忧伤音乐或同几位萍水相逢的旅伴乏味地闲聊一阵之外，就别无其他有吸引力的活动了。旅店的小餐厅里烟雾弥漫，连空气都是油腻腻的，真让人难以忍受，何况纯净的海风在我唇上留下的一抹咸丝丝的清凉尚未消退，所以我更是备感这里空气之污浊。于是，我便走出旅店，沿着灯光明亮的宽阔的大街，信步走向有国民自卫军在演奏的广场，重新置身于懒洋洋地向前涌动的散步者的浪涛之中。起初，我觉得在这些对周围漠不关心、衣着外省色彩颇浓的人的洪流中，晃晃悠悠地随波逐流倒是颇为惬意，但是过不多久，我对于那种涌动的陌生人的浪涛，他们断断续续的笑声，那些紧盯着我的惊奇、陌生或者讥笑的目光，那种摩肩接踵的、不知不觉地推我往前的情景，那些从千百个小窗户里射来的灯光，以及唰唰不停的脚步声就无法忍受了。海上航行颠晃得厉害，我的血液里现在还骚动着一种晕乎乎、醉醺醺的感觉，脚下好似还在滑动和摇晃，大地似乎在喘息起伏，道路像在晃晃悠悠地飘上天空。这种喧闹嘈杂一下子弄得我头晕目眩。为了摆脱这种状况，我就拐进一条小街，连街名都没有看。从那里，我又拐进一条小巷，那无名的喧嚣才渐渐平息下来。随后，我又漫无目的地继续走进那些血管似的纵横交错的小巷，进入这座迷宫。我离中心广场越远，这些小巷就越黑。这里已经没有大型弧光灯，透过微弱的灯光，我终于又能看见星星和披着黑幕的天空了。

　　我现在所处的位置大概离港口不远，在海员住宅区，因为我闻到了腐臭的鱼腥，闻到了被海浪冲上岸来的藻类散发出的甜丝丝的腐烂味，还有那种污浊的空气和密不通风的房间所特有的霉气，它弥漫在各个角落里，一直要等到一场猛烈的暴风雨来临，才能让它们喘一口气。这捉摸不定的黑暗和意想不到的寂寞令我陶然，于是我便放慢脚步，仔细观察一条条各不相

158

同的小巷：有的寂静无声，有的卖弄风情，但是所有的小巷全是黑黑的，都飘散着低沉的音乐声和说话声。这声音是从看不见的地方，是从屋子里如此神秘地发出来的，以至于几乎让人猜不出隐秘的发声处，因为所有的房子都门窗紧闭，只有红色或黄色的灯光在闪烁。

我喜欢异国城市里的这些小巷，这个情欲泛滥的肮脏的市场，这些秘密地聚集着勾引海员的种种风情的场所。海员在陌生而危险的海上度过了许多寂寞之夜以后，来到这里过了一夜，在一小时之内就把他们许许多多销魂的春梦变为现实。这些小巷不得不藏在这座大城市阴暗的一隅，因为它们厚颜无耻和令人难堪地说出了在那些玻璃窗擦得雪亮的灯火辉煌的屋子里，那些戴着各式各样假面具的体面人干的是些什么勾当。屋子里传出诱人的音乐，放映机映出刺眼的广告，预告即将上映的辉煌巨片，悬挂在大门门楣之下的小方灯眨巴着眼睛在亲切地向你问候，明明白白地邀你入内，透过半开的门窗可以窥见戴着镀金饰物的一丝不挂的肉体在闪烁。咖啡馆里醉汉们大吵大嚷，赌徒们又喊又骂。海员们相遇都咧嘴一笑，他们呆滞的目光因即将享受的肉欲之欢而变得炯炯有神，因为这里什么都有：女人和赌博，佳酿和演出，肮脏的和高雅的风流艳遇。可是这一切都是羞答答的，奸诈地躲在假惺惺地垂下的百叶窗后面，全是在里面进行的，这种虚假的封闭性因其隐蔽和进出方便这双重诱惑而更加撩人。这些街道与汉堡、科伦坡、哈瓦那的街道差不多，就像大都市里的豪华大街都彼此相仿一样，因为上层和下层的生活，其形式各地都是相同的。这些不是老百姓的街道，是纵情声色、肉欲横流的畸形世界最后的奇妙的残余，是一片幽暗的情欲漫溢的森林和灌木丛，密集着许多春情勃发的野兽。这些街道以其展露的东西使你想入非非，以其隐藏的东西让你神魂颠倒。你可以在梦里去造访这些街道。

　　这条小巷也是如此，进了这条小巷我感到一下就被它俘获了。于是我就跟在两个穿胸铠的骑兵后面去碰碰运气，他们挂在腰上的马刀碰在高低不平的路面上发出叮当的响声。几个女人在一家啤酒馆里喊他们，骑兵哈哈大笑，大声对她们开着粗鲁的玩笑。一个骑兵敲了敲窗户，随即就招来一阵谩骂。骑兵继续往前走去，笑声也越来越远，一会儿我就听不见了。小巷里又没有了声息，几扇窗户在雾蒙蒙的暗淡的月光下闪着朦胧的灯光。我停下脚步，深深吮吸着夜的宁静。我觉得这宁静很奇怪，因为在它的后面有某种秘密、淫荡和危险的东西在微微作响。我清楚地感觉到，这种宁静是个骗局，在这条雾蒙蒙的幽暗的小巷里正弥散着世界上某种腐败之气。我站在那儿，倾听这空虚的世界。我已经感觉不到这座城市，这条小巷，以及它们的名称和我自己的名字，我只觉得，在这里，我是外国人，已经奇妙地融进了一种我不知晓的东西之中，我没有打算，没有信息，也没有一点关系，可是我却充分感觉到我周围的黑暗生活，就像感觉到自己皮肤下面的血液一样。我只有这种感觉：这一切都不是为我发生的，可是却又都属于我。这是一种最幸福的感觉，是由于漠不关心而得到的最深刻、最真切的体验所产生的，它是我内心生机勃勃的源泉，总让我莫名其妙地感到一种快意。正当我站在这条寂寞的小巷里聆听的时候，我仿佛期待着将会发生什么事似的，好把自己从患夜游症似的窃听人家隐私的感觉中推出来。这时我突然听见不知何处有人在忧郁地唱一首德国歌曲，《自由射手》①中那段朴素的圆舞曲："少女那美丽的、绿色的花冠。"由于距离远或是被墙挡着的缘故，歌声很低，歌是女声唱的，唱得很蹩脚，可是这

————————
① 《自由射手》，三幕歌剧，德国作曲家韦伯作。

毕竟是德国曲调，在这里，在这世界上陌生的一隅听到用德文唱的这首歌，感到分外亲切。歌声不知是从何处飘来的，然而我却觉得它像一声问候，是几星期来我听到的第一句乡音。我不禁自问：谁在这里说我的母语？在这偏僻、荒凉的小巷里，谁的内心回忆重新从心底唤起了这支凄凉的歌？我挨着一座座半睡的房子循着歌声摸索着寻去。这些房子的百叶窗都垂落着，然而窗户后面却厚颜无耻地闪烁着灯光，有时还闪现出正在招客的手。墙外贴着一张张醒目的字条，写着淡啤酒、威士忌、啤酒等饮料的名称，尽是些自吹自擂的广告，这说明，这里是一家隐蔽的酒吧，但是所有房子的大门都紧闭着，既拒人于门外，又邀你光顾。这时远处响起了脚步声，不过歌声一直未停，现在正用响亮的颤音唱着歌词的叠句，而且歌声越来越近——我找到了飘出歌声来的那所房子。我犹豫了片刻，随后便朝垂着白色门帘的里门走去。我正决意躬身进去的时候，走廊的暗影中突然有什么东西一动，是人影，显然正紧贴在玻璃窗上窥视，这时被吓了一大跳。此人的脸上虽然映着吊灯的红光，但还是被吓得脸色刷白。这是个男人，他睁大眼睛盯着我，嘴里嘟囔着，像是说了句表示歉意的话，随即便在灯光昏暗的小巷里消失了。这种打招呼的方式也真怪。我朝他的背影望去，在光线微弱的小巷里，他的身影似乎还在挪动着，但是已经很模糊了。屋里歌声依旧，我觉得甚至更响了。我被歌声所吸引。于是便按动门把手开了门，快步走了进去。

　　像被一刀切断了似的，歌的最后一个字落了下来。我大吃一惊，觉得前面一片空虚，有一种含有敌意的沉默，仿佛我打碎了什么东西似的。渐渐地，我的目光才适应，发现这房间几乎是空空的，只有一张吧台和一张桌子，显然这里只是通往后面那些房间的前厅。后面的房间房门都半开着，灯光昏暗，床铺得整整齐齐，单就这点，对于这些房间的原本用场就一目了然了。桌子前面，一位浓妆艳抹、面带倦容的姑娘支着胳膊，背倚桌子，吧台后面站着臃肿肥胖、脏兮兮、黑乎乎的老板娘，她身边还有一位还算标致的姑娘。一进屋，我就向她们问了好，声音显得有点生硬，过了好一会儿才听到一句有气无力的回答。来到这空空的屋子，碰到如此紧张而冷淡的沉默，我感到很不舒服，真想立刻转身就走，可是我虽然尴尬，却又找不到什么借口，只好将就着在前面桌旁坐下。那姑娘这时才想起自己的职责，问我想喝点什么。听到她那生硬的法语，我马上就知道她是德国人。我要了啤酒，她拖着懒洋洋的步子去拿了啤酒来，这步子比她那浅薄的眼光更显得漠然和冷淡。她的眼睛有气无力地在眼皮底下微微闪着浊光，宛如行将熄灭的一对蜡烛。她按照这类酒吧的习惯，完全机械地在我的酒杯旁又为她自己放了一只杯子。她举杯为我祝酒时，目光空空地在我身上掠过，我这才有机会将她细细端详。她的脸倒还算漂亮，五官端正，但是好像是内心的疲惫使这张脸与面具相似，变得俗不可耐，面部憔悴，眼睑沉重，头发散乱；面颊被劣质化妆品弄得斑斑点点，已经开始凹陷，宽宽的皱痕一直伸到嘴角；衣服也是随随便便地披在身上，过量的烟酒使她的嗓音变得干涩而沙哑。总而言之，我感到这是一个疲惫不堪、麻木不仁，只是由于习惯才活着的人。我怀着拘谨而恐惧的心情向她提了一个问题。她回答的时候看都没看我，一副漫不经心的样子，毫无表情，几乎连嘴唇都没有动一下。我感到自己是不受欢迎的。老板娘在我身后打着哈欠，另一位姑娘坐在一角，眼睛朝这儿瞅着，似乎在等我叫她。我本想马上离开的，但我浑身发沉，另外好奇和恐惧心也把我吸引住了，使我像喝得醉醺醺的海员似的坐在这混浊、闷热的空气里，因为淡漠也具有某种刺激性。

这时，我被身旁突然发出的一阵刺耳的笑声吓了一跳。与此同时，蜡烛的火苗也颤悠起来了，一阵过堂风吹来，我感觉到背后有人把门打开了。"你又来啦？"我旁边的女人用德语尖刻地嘲笑道，"你又绕着房子爬了，你这吝啬鬼？好吧，进来吧，我又不会搂你。"

她这样尖叫着打招呼，仿佛从胸中喷出一股火焰。我转过身来，先是朝她、随后又朝门口望了望。门还没有全开，我就认出了这颤颤悠悠的身影，认出了此人那唯唯诺诺的目光，他就是刚才像是贴在窗上的那个人。他像个乞丐，怯生生地拿着帽子，被这刺耳的问候和哈哈大笑吓得直打哆嗦。这笑声犹如一阵痉挛，一下子把她笨重的身体都震得晃悠起来了，同时后面吧台那儿老板娘匆匆向她耳语了几句。

"坐那边，坐在法朗索瓦丝那里！"当这可怜人怯生生地拖着踢踢踏踏的步子走近她时，她大声呵斥道，"你没见我有客人吗！"

她用德语对他大声嚷嚷。老板娘和另一位姑娘听了都哈哈大笑，虽然她们什么也没听懂，不过看来她们是认识这位客人的。

"法朗索瓦丝，给他香槟，要贵的，给一瓶！"她笑着朝那边喊道，随后又冲他嘲讽地说，"要是嫌贵，那就去外面待着，你这可怜的吝啬鬼！你是想来白看我的吧，我知道，你是想来白捡便宜的。"

在这阵恶毒的笑声中，他长长的身躯好像融化了，背也驼了起来，一副忍气吞声的样子，仿佛要把这张脸藏起来似的，他伸手去拿酒瓶的时候，手抖得厉害，倒酒时把酒也洒到了桌上。他竭力想抬眼看看她的面孔，但是目光怎么也无法离开地面，一直盯着地上贴的瓷砖打转。现在，在灯光下我才看清他那张形容枯槁的面孔：疲惫不堪，毫无血色；潮湿、稀疏的头发贴在瘦骨嶙峋的头颅上；手腕松弛，像折断了似的——整个是一副有气无力的可怜相，但却心怀怨恨。他身上的一切都不对劲，都挪了位，而且蜷缩了。他的目光抬了一下，但马上又惊恐地垂了下去，眼睛里交织着一股恶狠狠的光。

"你别去理他！"姑娘以专横的口气用法语对我说，并紧紧抓住我的胳膊，像是想要将我拉转身来似的。"这是我和他之间的旧账，不是今天的事。"随后她又龇着亮晶晶的牙齿，像要咬人似的冲他大声吆喝道，"尽管来偷听好了，你这老狐狸！你不是想听我说话吗？我是说：我宁愿跳海，也不跟你走。"

　　老板娘和另一位姑娘又发出一阵哈哈大笑，笑得喘不过气来。看样子，对她们来说，这是一种寻常的逗乐，每天的笑料。可是，这时，另一位姑娘突然做出温柔多情的样子，往他身上靠，并对他大献殷勤，发动攻势，他却吓得直打哆嗦，连拒绝的勇气都没有。看到这一切，我真有点毛骨悚然。每当他迷惘的目光以颇为羞赧又竭力讨好的神态看我的时候，我就感到心悸。我身边那个女人突然从松弛状态中惊醒过来，眼露凶光，连手都在颤抖，看到这副架势我很害怕。我把钱往桌上一扔，想走了，但是钱她没有拿。"要是他打扰你，我就把他，把这条狗撵出去。他必须照办。来，再跟我喝一杯。来！"她突然娇滴滴地做出一副媚态，紧紧倚在我身上，我立即就看出，这只不过是为了折磨别人而演的戏。她每做出一个狎昵的动作，就往那边瞧上一眼。我看到，她只要对我做出一个风骚的姿势，他全身就是一阵抽搐，仿佛在他身上放了一块烧红的烙铁似的。看到这种情景，真让人作呕。我不去理睬她，而是紧紧盯着他，现在气愤、恼怒、嫉妒和贪欲在他心里滋生，可是只要她一转过头来，他就赶忙弯下腰去，见此情景，我也感到不寒而栗。她紧紧地往我身上贴，我感觉到了她的身体，她那由于在这场恶毒的游戏中获得乐趣而颤抖的身体，她那散发着劣质脂粉味的刺眼的脸和她那松软的肉体的难闻气味令我感到恐惧。为了避开她，我便拿出一支雪茄。正当我的目光在桌上寻找火柴时，她就向他发了话："把火拿来！"

对她的这个厚颜无耻、蛮不讲理的命令，他竟百依百顺，这倒使我比他更为吃惊。见此情景，我就急忙自己找了火柴。可是，她的话竟像鞭子一样，啪地一下抽在了他身上。他拖着趔趄的脚步，蹒跚地走过来，把他的打火机放在桌上，动作非常之快，仿佛手碰了桌子就会被烧着似的。这瞬间，我的目光与他的相交，我看到，他的眼睛里隐含着无限的羞愧和切齿的愤恨。这卑微的目光刺痛了我这个男子汉和他的心。我感到受了这女人的侮辱，也同他一起羞愧难当。

"非常感谢您，"我用德语说，她抽搐了一下，"本来就不该麻烦您的。"说着，我便向他伸出手去。他犹豫好一会儿之后，我才感到他湿润而消瘦的手指，突然，他痉挛般地使劲握了握我的手，以表达他的感激之情。这瞬，他的眼睛闪闪发亮，直视我的眼睛，但随即又低垂到松弛的眼睑下面去了。出于对那女人的反抗心理，我想请他坐到我们这边来。我的手大概流露出了邀请的姿势，因为这时她急忙冲他吼道："你还是坐那儿去，别在这儿打扰！"

她那尖刻的声音和折磨人的恶行令我深恶痛绝。这烟味很浓的下等酒吧，这令人恶心的娼妓，这弱智的男人，这弥漫着啤酒、烟雾和劣质香水的气味对我有什么用？我渴望呼吸新鲜空气。我把钱推到她面前，正当她娇里娇气地挨近我的时候，我就站起身来，欲拂袖而去。我对参与这种侮辱人的缺德勾当极其厌恶，我以断然拒绝的态度清楚地表明，她的色相诱惑不了我。这时，她满脸怒容，嘴角起了一道皱褶，现出行将发作的神色，但她忍住没把话说出来，而心中的仇恨却一目了然。她猛地朝他转过身去，他见她这副横眉怒目的样子，被她的淫威吓得魂飞魄散，赶忙把手伸进口袋，哆哆嗦嗦地用手指头掏出一个钱包。匆忙之中他连钱包上的带子结都解不开，显然，现在他害怕单独同她待在一起。这是一只编织小包，上面嵌有玻璃珠，是农民和小老百姓用的。一眼就可看出，他不习惯乱花钱，不像那些把手伸进叮当作响的口袋，掏出一大把钱来往桌上一摔的海员。显然，他习惯于仔仔细细地点数，还要把钱用手指头夹着掂量一番。"瞧他为了这几个宝贝角子都抖成了什么样子！不觉得太慢了吗？你就等着吧！"她挖苦道，并往前逼进一步。他吓得直往后退，而她见他这副失魂落魄的样子，便把肩膀一耸，眼里含着极其厌恶的神情说道："我不拿你一分钱，你的钱让我恶心。我知道，你的几个宝贝小钱都是有数的，一个子儿也舍不得多花。只不过，"她突然拍了拍他的胸脯："别让人把你缝在这儿的票子偷了去呀！"

果真，就像正在发作的心脏病患者突然抓住胸口一样，他那苍白而颤抖的手紧紧抓住外衣上的那个地方，他的手指下意识地在那儿摸了摸——那个秘密的藏钱之处，这才放心地把手放下。"吝啬鬼！"说着，她啐了一口唾沫。这时，那备受折磨的人突然满脸通红，猛地把钱包摔给了另一位姑娘，从她身边冲出大门，像是从大火中逃了出去似的。那姑娘先是吓得大叫一声，随即便哈哈大笑。

她气得火冒三丈，眼露凶光，先还直愣愣地站了一会儿，随后就又松弛地耷拉下眼皮，筋疲力尽地弯下松弛下来的身体。在这一分钟里她看上去显得又老又疲倦。她现在投向我的目光里压抑着某种犹豫不决、怅然若失的神情。她站在这里，满脸羞愧，迟钝麻木，像个喝得烂醉醒过来的醉妇。"到了外面他会为他失去的钱而心痛的，也许会跑去报警，说我偷了他的钱。不过明天他又会到这儿来的。然而他休想得到我。谁都可以得到我，只有他不能！"

她走到吧台前，扔下几个硬币，咕噜噜一口气吞下一杯烈酒。她的眼里又露出了凶光，但很混浊，像是蒙了一层愤怒和羞辱的泪水。看到她我感到十分恶心，对她没有丝毫同情。我道了声"晚安"就走了。老板娘回了句"Bonsoir"①。那女人没有回过头来，只是发出一阵刺耳的、讥讽的大笑。

我出得门来，外面只有黑夜和天空，到处笼罩着闷热的昏暗，漠漠云层遮掩着无限遥远的月光。我贪婪地吸着微热的、但却沁人肺腑的空气，我为森罗万象的人生际遇感到无比惊奇，那种恐怖的感觉消散了。我又感到，每扇玻璃窗后面总在上演一出命运剧，每扇大门都展示着一场风流韵事，这个世界上的事真是千姿百态，无所不有，即使在这最最肮脏的一角，也像在萤火虫闪烁不灭的光照下，映现出种种窃玉偷香的悲

①法语，此处为"再见"的意思。

剧。这是一种会使我无比陶醉，乃至流下眼泪的感觉。方才见到的那些令人厌恶的情景已经远去，紧张的情绪变成了舒心适意的倦意，渴望把这种种经历过的事情变成更美的梦。我的目光下意识地朝周围寻觅了一番，想在这纵横交错的迷宫似的小巷中找到回旅店的路。这时，一个人影趔趄着脚步，到了我身边，他准是悄没声地先走进来了。

"请您原谅，"我立刻就听出了这低三下四的声音，"我想，您找不到路了。能允许我……允许我给您指路吗？这位老爷是住在……"

我说了旅店的名字。

"我陪您去……要是您允许的话。"他马上谦恭地加了一句。

恐惧又袭上我的心头。在我身边，蹑手蹑脚、幽灵似的脚步在移动，虽然几乎听不见，但却紧紧地跟在我身边，还有这条小巷的幽暗和对刚才所经历的事情的回忆，这一切渐渐为一种梦幻般的紊乱的感觉所代替，既无判断，也无反抗。我没有看到他的眼睛，但却感觉到他低三下四的目光，我还觉察到他的嘴唇在颤动。我知道，他想跟我说话，可是我既没有表示同意，也没有表示反对，我的感觉正处于昏昏沉沉的状态之中，我的好奇心同身体迷迷糊糊的感觉一起一伏地融合在一起。他轻轻地咳了好几次，我发觉，他的话被嗓子眼里的什么东西堵住了，那女人的残忍竟神秘莫测地转到了我身上，所以见他的羞耻感同急于要倾吐的心情在搏斗，我就感到暗自欣喜，我没有助他一臂之力，而是让沉默又厚又重地挡在我们之间，只听见我们杂乱的脚步声。他的脚步蹒跚，像老人一样，我的脚步故意踩得又重又响，仿佛要逃离这肮脏的世界似的。我感到我们之间的紧张气氛越来越强烈，这沉默充满了内心的尖声呼喊，好似一根绷得过紧的弦。后来他终于打破沉默，先是极其胆怯地说道：

"您……您……我的老爷……您在那屋里见到了蹊跷的一幕……请原谅……请原谅我又提起这件事……您一定觉得她很奇怪……觉得我很可笑……这女人……就是……"

他的话又停住了。他的喉咙像被什么东西紧紧哽住了。随后，他的声音变得很小，匆匆地悄声说道："这女人……就是我的老婆。"这话一定使我惊得跳了起来，因为他很抱歉似的连忙说，"就是说……以前是我的老婆……五年，是四年前……在我的老家黑森的格拉茨海姆……老爷，我不希望您把她想得很坏……她成了这样，也许是我的过错。以前她并不总是这样……是我……是我把她折磨成现在这样的……虽然她很穷，穷得连衣服都没有，她什么东西都没有，我还是娶了她……我呢，我很有钱……就是说颇有资产……不算很有钱……或者说至少那时……您知道，我的老爷……她说得对，我以前也许很节俭……但这是以前的事了，还在不幸发生之前，我诅咒这件事……我的父母亲都很节俭，大家都这样……每一分钱都是我拼命工作挣来的……她却过得很轻松，她喜欢漂亮的高档东西……但她很穷。为此我一再责骂她……我本不该这样的，现在我才知道，我的老爷，因为她骄傲自大，目空一切……您别以为她那副样子是真的，不，她是装出来的……是为了给人看的，她自己内心也很痛苦……她这样做只是……只是为了伤害我，为了折磨我……因为，因为她感到羞愧……或许她真的变坏了，但是我……我并不相信……因为，我的老爷，她这人以前是很好，很好的……"

　　他擦了擦眼泪，心情十分激动，便停了下来。我不由得看了他一眼，突然，我不再觉得他可笑了，就连"我的老爷"这

个在德国只有下等人才用的奇怪的、低三下四的称呼也不再觉
得刺耳了。由于费劲说出了心里话，他的面孔显得十分舒展，
现在他又迈着沉重的脚步跟跟跄跄地继续往前走去，但却目不
转睛地盯着石铺的路面，仿佛在摇曳的灯光下费劲地读着从痉
挛的喉咙里痛苦地吐出来刻在路面上的话。

　　"是的，我的老爷，"现在他深深地吸了口气，声音低
沉，与刚才完全不同，就像发自一个较为温和的内心世界一
样，"她原来非常好……对我也很好，我使她摆脱了贫困，她
很感激……我也知道，她很感激……但是……我……乐意听感
恩的话……一次又一次……一次又一次地听感恩的话……听到
感恩的话，我心里很舒服……我的老爷，我感到自己比她强，
心里就美滋滋的，舒坦极了……要是我知道，我是个坏人……
为了不断听到她对我说感恩的话，我真愿把所有的钱都拿出
来……她非常傲气，她发觉我要她感恩时，反而说得越来越少
了……所以……也仅仅是这个原因，我的老爷，我就总是让她
来求我……我从不主动给她钱……她要买件衣服，买条带子都
得来向我乞求，我心里感到很惬意……我就这样折磨了她三
年，而且越来越厉害……可是，我的老爷，这仅仅是因为我爱

她……我喜欢她的傲气，可是我又总想打掉她的傲气，我真是个疯子，她一要什么东西，我就火冒三丈……但是，我的老爷，我这并不是真的……只要有机会侮辱她，我就快活得要命，因为……因为我根本就不知道，我是多么爱她……"

他又不说了。他蹒跚地走着。显然，他把我忘了。他不由自主地说着，像在梦里似的，而且声音越来越大。

"这事……这事我那时……在那个晦气的日子才明白……那天，她为她母亲要一点钱，只是很少、很少一点，我没有答应她……实际上钱我已经准备好了，但是我想让她再来……再来求我一次……啊，我说什么啦？……是的，那天晚上我回到家里，她已经走了，只在桌上留了一张字条，这时我才明白过来……'你就留着你那些该死的钱吧，你的一个子儿我也不要了。'……字条上就写了这些，再没有一句别的话……老爷，三天三夜我就像发了疯一样。我请人到河里去找，到树林里去寻，给了警察好几百个马克……所有的邻居家我都去了，但是他们对我只是嘲笑和挖苦……一丝形迹都没发现……后来，另一个村的人告诉我，说他曾经见她在火车上同一个士兵在一起……她到柏林去了……当天我就赶了去……我放弃了我的收入……损失了几千马克……大家都偷我的东西，我的仆人、管家，大家都偷……但是，我向您起誓，我的老爷，我觉得这些都无所谓……我在柏林住了一星期，终于在这个人流的旋涡里找到了她……我到了她那里……"他重重地吸了口气。

"我向您起誓，我的老爷……我没有对她说一句重话……我哭了……我跪了下来……我答应把钱……把我的全部财产都拿出来，让她掌管，因为那时我已经知道……没有她我就活不了。我爱她身上的每一根毛发……她的嘴……她的身体，爱她的一切……是我，是我把她推下火坑的呀……我走进屋里时，她的脸一下变得刷白，像死人一样……我买通她的女房东，一个拉皮条的下流女人……她靠在墙上，脸色像墙上的白灰……她仔细地听着我说。老爷，我觉得……她，是的，她见到我几乎很高兴……可是我谈到钱的时候……我所以谈到钱，我向您起誓，只不过是为了向她表明，钱我已经不再考虑了……这时她却啐了一口……接着就……因为我一直还不想走……这时她就把她的情夫叫来，他们一起把我取笑了一通……可是，我的老爷，我还是老去那儿，每天都去。那儿的人把一切都告诉了我，我得知，那无赖把她扔了，她的生活非常困难，于是我又去那儿一次……一次又一次，老爷，可是她把我骂了一顿，并把我偷偷搁在桌上的钞票撕得粉碎，我再去那儿时，她已经走了……为了再找到她，我的老爷，我真是竭尽了全力！整整一年，这我可向您起誓，我不是在生活，而只是不停地在打听，我还雇了几个侦探，后来终于打探出，她到了那边，在阿根廷……流落……流落青楼……"他犹豫了片刻。说最后这个词的时候就像要断气一样。他的声音变得更低沉了。

"起初，我吓了一跳……但是后来我思忖，是我，就是我，把她推下深渊的……我想，她受了多少苦啊，这可怜的女人……主要是因为她太傲……我找了我的律师，他给领事写了信，寄了钱去……没让她知道是谁寄的……只是要她回来。我接到电报，说一切都办得很顺利……我知道了她回来时坐的轮船……我就在阿姆斯特丹等着……我提前三天到了那里，真是心急如焚……轮船终于到了，才见到地平线上轮船冒出的烟，我就乐不可支，我觉得我简直无法等到轮船慢慢地、慢慢地驶近并靠岸了，船开得很慢、很慢，随后旅客从跳板上过来了，她终于，终于……我没有立即认出她……她的样子变了……脸上涂了脂粉，就是……就是这样，您所见的那副模样……她见我在等她……她的脸色变得刷白……幸好有两名海员把她扶住，要不然她就从跳板上摔下去了……她一上岸，我就走到她身边……我什么也没有说……我的喉咙像是卡住了……她也没有说话……也不看我……挑夫挑着行李走在前面，我们走着，走着……突然，她停住脚步，说……老爷，她说的话……让我心痛，听了真让人伤心……'你还愿意让我做你的老婆？现在也还愿意吗？'……我握着她的手……她哆嗦着，但没有说话。可是我感觉到，现在一切又言归于好了……老爷，我是多么幸福啊！我把她领进房间以后，我就像个孩子似的围着她跳，还伏在她脚下……我一定说了些愚蠢透顶的话……因为她含着眼泪在微笑，并爱抚着我……当然是怯生生的……可是，老爷，我感到好适意呀……我的心融化了。我从楼梯上跑上跑下。在旅店里订了午餐……我们的婚宴……我帮她穿好结婚礼服……我们下楼，喝酒吃饭，好不快乐……噢，她快活得像个孩子，那么亲热和温柔，她谈论着我们的家……谈到我们要重新添置的各种东西……这时……"他突然粗着嗓门说，并且做了个手势，仿佛要把谁砸烂似的，"这时……这时来了一个茶房……一个卑鄙的小人……他以为我喝醉了，因为我发了疯似的，跳啊，笑啊，还笑着在地上打滚……我只是因为太高兴了呀……噢，高兴得不知所以，这时……我付了账，他少找我二十法郎……我把他斥责了一顿，并要他把钱补给我……他很尴尬，便搁下那枚金币……这时……这时她突然尖声大笑……我愣愣地盯着她，她的面孔已经变了样……一下子变得嘲讽、严厉和凶狠……'你还是老样子……甚至在我们结婚的日子也一点没变！'她冷冷地说，语气那么尖刻，那么……伤心。我心里感到惶恐，诅咒自己那么斤斤计较……我设法重新笑了起来……但是她的快乐情绪已经没有了……已经消失殆尽……她自己单独要了房间……对于她我没有什么东西舍不得的……夜里我独自躺在床上，心里盘算着第二天早上给她买些什么东西……作为礼物送给她……我要向她表明，我这人并不小气……再也不违背她的心意了。第二天一大早我就出去，给她买了手镯，然而，我回来走进她的房间……房里已经空了……同上次完全一样。我知道，桌上准留了字条……我走开了，向上帝祈祷，希望这次不是真的……但是……但是……桌上果真留了字条……上面写着……"他犹豫了。我下意识地停住脚步，望着他。他耷拉着脑袋，过了一会儿，他以嘶哑的声音低声说道：

"上面写着'让我安静吧。你让我感到恶心……'"

我们到了港口。突然，近处波涛拍岸的轰鸣打破了黑夜的沉寂。停泊在近处和远处的海轮宛如一只只黑色巨兽，都睁着亮晶晶的眼睛，不知从何处传来了歌声。什么东西都看不清楚，但却感觉到许多东西，一座人口稠密的城市正在沉睡，正在做着可怕的梦。在我身边，我感觉到这个人的影子，它幽灵似的在我脚前颤动，在摇曳的昏暗灯光中，时而拉长，时而缩短。我一句话也说不出，既想不出话来安慰他，也没有什么问题要问他，但是我感到他的沉默粘在了我身上，粘得很紧，使我感到压抑。突然，他战栗地抓住我的手臂。

"可是，没有她我是不会离开这儿的……我找了几个月才找到她……她在折磨我，但是，我会百折不挠地坚持下去的……我的老爷，我求您，请您跟她谈谈……我不能没有她，请把这话告诉她……我的话她不听……我再也不能这样活着了……我再也不能看着男人上她那儿去了……我再也不能在门口守着他们重新走出来……一个个喝得醉醺醺地哈哈大笑……这条巷里的人都认识我……他们只要看见我在那儿等着，就哈

哈大笑……快把我弄疯了……可是，每天晚上我还是照样站在
那儿……我的老爷。求求您……请您跟她谈谈……我是不认识
您，但是，看在仁慈的上帝的分上，请您跟她谈谈……"

　　我下意识地想从他手中把胳膊挣脱出来。我感到心里发
毛。可是他却觉得我对他的不幸无动于衷，于是突然跪在街
心，把我的脚抱住。

　　"我恳求您，我的老爷……您一定得跟她谈谈……您一定
得……要不然定会发生可怕的事的……为了找她，我花掉了所
有的钱，我不会让她留在这里……不会让她活着留在这里。我
已经买了一把刀……我买了一把刀，我的老爷……我决不让她
留在这里……决不让她活着留在这里……我受不了……请您跟
她谈谈，我的老爷……"他像发了疯似的在我面前直打滚。就
在这时，街上有两个警察朝这儿走来。我一把将他拉起。他直
愣愣地盯着我看了一会儿，随后便用完全陌生的、干巴巴的声
音说：

　　"顺着这条巷子，您从那儿拐进去，就到您住的旅店
了。"他又一次愣愣地看着我，瞳孔好像融化了，白白的，空
洞洞的，很是吓人。接着他就离开了。

　　我紧紧裹着大衣。我冷得发抖。我只感到疲倦，觉得醉醺醺的，昏沉而麻木，好似梦游一般，同时我又有一种不祥的预感。我想好好想一想，把这些事情思考一番，可是疲倦却时时从我心头翻起黑浪，将我卷走。我摸索着回到旅店，往床上一倒，睡得沉沉的，像头牲畜。

　　第二天早晨，这件事情中到底哪些是梦幻，哪些是真的，我也弄不清了，而且我心中也有什么东西不让我去弄清楚。我醒得很晚，我是这座陌生城市里的陌生人。我去参观一座教堂，它的古代镶嵌艺术据说很有名。但是我的眼睛望着教堂，什么也没有看进去，昨天夜里所遇之事又浮现在我眼前，越来越清晰，而且轻而易举地推我去寻找这条小巷和那所房子。可是这些奇怪的小巷只有夜里才有生气，白天都戴着灰色的、冷冰冰的面具，只有熟悉的人才能认出面具下面的条条小巷来。我怎么找也没找到那条小巷。我又失望又疲惫地回到住处，脑子里总也摆脱不了那种种图像，不知是妄想中的还是回忆中的那些图像。

　　我乘坐的火车晚上九点开。我怀着遗憾的心情离开这座城市。挑夫扛起我的行李，在我前面朝车站走去。在一个十字路口，突然有什么东西使我转过头来——我认出了通向那座房子去的那条横着的小巷。我让挑夫等一下，就走过去再朝那条烟花巷看了一眼，挑夫先是有点吃惊，随后就调皮而会心地笑了。

巷子里黑黑的，同昨天一样，在淡淡的月光下我看见那座房子的玻璃窗在闪闪发亮。我还想再走近一点，这时黑暗中出来一个身影，发出簌簌的声响。我感到不寒而栗。我认出了那个人，他正蹲在门槛上向我招手。我想走近一点，但是我心里发怵，所以赶紧逃走，怕被缠在这里，误了火车。

但是，后来在拐角处我正要转身时，又回头望了望。我的目光与他相遇时，他猛地一使劲，站了起来，朝大门撞去。他手里金属的亮光一闪，因为这时他飞快地打开了门，我从远处看不清他手里拿的到底是金币还是刀子，反正在月色中他手指缝里有亮晶晶的闪光……

（韩耀成　译）

Part 4

日内瓦湖畔的插曲

在日内瓦湖畔，一个靠近瑞士的小小的叫作维诺弗的地方，一九一八年夏天的一个傍晚，一个渔夫把船向岸边划来。他在湖面上发现了一件奇怪的东西，划近一看，原来是一只用几根木棍松垮地捆在一起的简单木筏，上面有一个赤身裸体的男人用一块木板当桨在笨拙地划着。渔夫惊骇地划到跟前，把这个精疲力竭的人拖到自己的船上，用渔网盖住他的下身，随后他试着同这个蜷缩在船上一角冷得浑身发颤的、畏怯的男人攀谈。可是这个人用一种陌生的语言答话，这种语言和渔夫说的没有一个字相同。不久，这个热心肠的渔夫只好作罢，他收起渔网，快速地向岸边划去。

岸边华灯初上。这个赤身裸体的人的面孔慢慢清晰可见。他那宽大的嘴边满是胡髭，脸上泛起孩子似的笑容，举起一只手向对面指着，结结巴巴地说着一个词，听起来像是"露西亚"①，小舟离岸越来越近，这个词说得越来越热烈。渔船终于靠岸，渔夫们的妻子都在岸边守望自己的男人。她们观望渔夫的湿漉漉的捕获物，可她们一看出在渔网里的竟是一个一丝不挂的男人时，便慌乱地四下逃散，就像瑙西卡②的侍女发现裸体的俄底修斯的情景一样。慢慢地，村里的一些男人向这稀有的"人鱼"聚拢来，他们随即负责尽职地把他送到村长那里。出于战争期间的直觉和丰富的经验，他立刻就觉察出这个人一定是个逃兵，从湖岸法国那边游到这里来的。于是他公事公办地进行审问，可是这种一本正经的做法很快就失去了严肃的意义和应有的价值，这个一丝不挂的男人（在此期间有几个居民掷给他一件上衣和一条粗布裤子）对任何问题只是重复地、疑问似的说："露西亚？露西亚？"声音越来越畏葸，越来越含混不清。村长对此感到有些恼火，于是以不容误解的手势让这个陌生人跟他走。身边围着一群吵吵嚷嚷的年轻人，这个湿漉漉的、光着大腿的男人，穿着一件上衣和一条短裤，被带到村公

---

① 俄语的音译，意为俄罗斯。

② 古希腊神话中阿尔刻诺国王的女儿。由于雅典娜的指使，瑙西卡和她的侍女们在河边嬉戏时发现了漂流到该岛的俄底修斯。当时俄底修斯一丝不挂地出现在她们面前，侍女骇得四下逃散。

所去，好在那里把事情弄清楚。这个人顺从地一声不响，只是他那对明亮的眼睛由于失望而变得暗淡无光，他那高耸的肩膀像是在重压之下垂了下来。

这条被捕捞上来的"人鱼"被就近安置在一座旅馆里。在单调的日子里，这个令人开心的插曲给人们带来了乐趣，一些女人和男人都来这里参观这个野人。一个女人带给他糖果，可是他像个猴子似的多疑，动也不动；一个男人给他照相，所有的人都谈论他，高兴地在他周围七嘴八舌说个不停。终于，有一个曾在外国待过并能说多种语言的饭店老板来到这个惶恐不安的人身边，轮番用德语、意大利语、英语，最终用俄语问话。刚一听到家乡话，这个惶恐不安的人就抽搐了一下，他那善良的面孔上堆起一片宽厚的笑容，突然他镇静而直率地谈起他的全部经历。这个故事很长，也很杂乱，一些个别地方连这个临时翻译也搞不懂，但是这个人的遭遇总的说来还是清楚的：

他在俄国打仗，可有一天，他同成千上万的士兵被装进军车，走了好远好远，随后又被装上船，船走了更长时间，经过一个非常炎热的地区，用他的话来说，热得肉里的骨头都软了。最后他们在一个地方登陆，又被塞进军车，然后向一个山

丘冲了上去，随后他什么都不知道了，因为冲锋一开始他的腿
上就中了一弹。通过翻译，听众马上就知道了，这个逃兵是属
于那个穿过西伯利亚和经过海参崴，越过大半个地球来到法国
前线的俄国军团的士兵。这马上激起了人们怀有怜悯心的一种
好奇，是什么促使他能够进行这次稀奇的逃亡？这个性情随和
的俄国人，面带半是宽厚半是狡黠的微笑叙述说，他的伤还没
有好，就问护士，俄国在什么地方，护士把方向指点给他，他
通过太阳和星星的位置大体确定了方向，于是就偷偷地溜了出
来，夜间走路，白天躲在干草堆里逃避巡逻兵。吃的是采到的
浆果和讨来的面包，走了十天，最终他到了湖边。现在他的叙
述就有些不清不楚了，好像是这个来自贝加尔湖畔的人以为，
在晚霞中他眺望到日内瓦湖另一岸摇曳不定的轮廓，认定那就
是俄国。他想方设法从一家农舍里偷了两根木梁，他躺卧在上
面，用一条木板做桨，划到湖中间，在那里那个渔夫发现了
他。在他结束他的这段糊里糊涂的故事时，他胆怯地提出了个
问题，是不是他明天就可以到家，还没等翻译出来，这个愚昧
无知的问题先是引起了一阵哄堂大笑，可随即这笑声变成了一
种深切的同情。每个人都塞给这个东张西望、显得手足无措、

可怜巴巴的人一两个铜板或几张纸币。

在此期间，一个较高级的警官从电话中得悉此事，由蒙特沃来到这里，他费了不少气力才就此事写出了一份记录。这不仅是由于这临时的译员无能为力，也是由于这个人的无知无识，西方人对此是难以想象的，可现在总算是清楚了。他对自己的身世，除了知道他名字叫鲍里斯之外，几乎毫无所知。而对自己的家乡，他只能极为混乱地描画个大概，他是麦合尔斯基公爵的农奴（虽然农奴制早已废除了好几十年了，可他还是说农奴这个词），他同他的妻子和三个孩子住在离大湖五十俄里的地方，等等。现在谈到下一步该如何办的问题了，一些人开始争论起来，而他目光呆滞地蹲在这群人中间。有些人认为应当把他送交给伯尔尼的俄国领事馆，可另一些人怕这样做他会被重新送回法国；警官在权衡这个问题的严重性，是该把他当作逃兵还是一个无证件的外国人来对待；村秘书立刻排除上面提到的后一种可能性，这要地方上养活一个外来人，还要为他准备住处。一个法国人叫了起来，人们对这个可怜的俄国兵不该这样顾虑重重，他可以劳动或者被遣送回去；两个妇女激烈地反对说，他的不幸不是由于自己的过错，让人背井离乡到外国打仗，这才是一种犯罪。这个偶然的事件几乎要引起一场政治上的争吵。这时突然一位老先生、丹麦人——在此期间他来到此地——断然表示，他愿为这个人付八天的生活费用，这期间行政当局应同领事馆进行交涉达成协议。这个意想不到的解决办法，使官方之间和持不同意见的个人之间都避免了争吵。

在越来越激烈的争辩中间，这个逃兵慢慢地抬起畏怯的目光，老是望着饭店老板的嘴唇，他知道，在这场争论中，这是唯一能告诉他该怎么办的人。他对他的出现引起的这场争吵显得无所谓，现在当争吵声平静下来时，他不由自主地在寂静中间向老板抬起乞求的双手，就像女人在圣像面前祈祷那样。那令人感动的姿势深深地打动了在场的每一个人。老板亲切地走上前去安慰他，告诉他不要怕，他可以住在这里，在旅馆会有人照料他的。这个俄国人要吻他的手，可老板迅速把手抽了回去。随后老板把邻近的一座小旅馆指点给他，他可以住在那里，有吃的东西，又再次说了几句亲切的话，安慰他；之后他顺着马路走回自己的饭店，临行时还和蔼地同他示意作别。

这个逃亡者动也不动地凝视着老板的背影，在人群中间，只有这个人懂得他的语言。他畏葸地躲在一边，一度明亮的脸色又阴沉下来。他眷恋的目光直到老板的背影消逝在位于高处的饭店才垂了下来，对其他人则望也不望。那些人对他的这番举止感到惊奇，笑了起来。其中一个人同情地拍了拍他，让他进旅馆去，他垂下沉重的双肩，耷拉着脑袋走进门去。有人给他打开睡房的房门。他蜷缩在桌旁，女仆把一杯烧酒放在桌子上表示欢迎。他整个上午动也不动地、茫然地坐在那里。村里的孩子们不时地从窗外窥视，大声笑着，朝他喊叫，他连头都不抬。一些人走进房来，好奇地观察着他，他目光不动地盯着桌子，弯着腰坐在那里，畏葸、羞赧。中午吃饭的时候，饭堂里聚集着一大群人，笑语喧哗，他周围的人都在高谈阔论，在喧嚣嘈杂的人群中间他又聋又哑地坐在这里时，他的双手哆嗦起来，几乎连用勺子舀汤都舀不出来。蓦地，两行泪水顺颊滚下，沉重地落在桌上。他畏怯地环望一下四周。其他人看到他流泪，一下子就静了下来。他感到羞愧，把沉重、蓬乱的脑袋越来越低地垂向黑色的桌面。

直到傍晚，他一直这样坐着。人们来来往往，他对此毫无感觉，而那些人也不再理会他了。他坐在火炉的阴影里，本身就像一截阴影，双手沉重地摊放在桌子上。所有的人都把他忘了，没有一个人注意到他在朦胧中突然立起身来，像只野兽似的、闷闷地顺着路向那座饭店走去。走到门前，他手中托着帽子，站在那里，一个小时、两个小时动也不动，对谁都不看一眼。在饭店的入口处，光线暗淡，他犹如半截枯树，僵直、黑黝黝地竖在那里，像生了根似的，终于这个奇怪的景象引起了饭店的一个小伙计的注意，他把老板叫了来。当老板用俄语向他打招呼时，他那阴沉沉的脸上又泛起少许的光泽。

"你要做什么，鲍里斯？"老板亲切地问道。

"请您原谅，"这个逃亡者讷讷地说，"我想知道……我是不是可以回家。"

"当然啰，鲍里斯，你可以回家。"被问者微笑着回答说。

"明天行吗？"

这下子老板也变得认真起来。当他听到这乞求的话时，笑容从他脸上消逝了。"不行，鲍里斯，现在还不行。得战争结束才可以。"

"那什么时候？什么时候战争结束？"

"上帝才知道。我们这些人是不知道的。"

"不能早一些？我不能早一些走？"

"不能，鲍里斯。"

"很远吗？"

"很远。"

"得走许多天？"

"许多天。"

"先生，我还是要走！我身强力壮，我不会累的。"

"你没法走的，鲍里斯。这中间还有国境。"

"国境？"他迟钝地望着。这个词他太陌生了。随后他固执地一再说："我会游过去的。"

老板几乎要笑起来，但这使他感到难过啊，于是他和蔼地解释说："不行，鲍里斯，这不行啊。国境，就是另一个国家。他们不会让你过去的。"

"可我并没有得罪他们啊！我早就把我的枪扔了。我哀求他们，看在基督的分上，为什么不能让我去我老婆那里？"

老板的心情变得越来越沉重。他感到一阵揪心的痛苦。"不行啊，"他说，"他们不会放你过去的，鲍里斯。现在人都不再听基督的话了。"

"那我该怎么办，先生？我总不能待在这里呵！这里的人不懂得我，我也不懂得他们。"

"这你可以学会的，鲍里斯。"

"不，先生，"俄国人垂下了头，"我学不会。我只能在地里干活，除了这我什么也不会。我在这儿能做什么？我要回家！您指给我路好了！"

"现在没有路，鲍里斯。"

"可是，先生，他们总不能禁止我回家，回到我老婆、回到孩子跟前去呀！我现在再不是个大兵了！"

"他们还会要你当兵的，鲍里斯。"

"是沙皇？"他暮地问道，由于期待和敬畏而浑身颤抖。

"没有沙皇了，鲍里斯。人们把他推翻了。"

"没有沙皇了？"他愁眉不展地望着老板，目光中的最后一丝光泽消逝了，最后他疲惫不堪地说，"那么我是不能回家了？"

"现在还不能。你必须等着，鲍里斯。"

"等多久？"

"我不知道。"

在黑暗中，他的面色越来越阴沉灰暗："我已经等了好长时间了！我不能再等下去。告诉我路！我要自己试着回去！"

"没有路，鲍里斯。在国境上他们会抓住你的。留在这儿，我们会给你找到活干！"

"这儿的人不懂得我，我也不懂得他们，"他固执地重复说，"我在这儿不能过活！帮帮我，先生！"

"我无法帮你，鲍里斯。"

"看在基督的面上，帮帮我，先生！我实在受不了啦！"

"我无法帮你，鲍里斯。现在没有人能帮助别人。"

他俩站在那里，面面相觑。鲍里斯转动手上的帽子。"那他们为什么把我从家里弄出来？他们说，我得保卫俄国，保卫沙皇。可是俄国离这儿那么远，你刚才说，他们把沙皇……您怎么说的？"

"推翻了。"

"推翻了。"他重复了这个词，"我现在怎么办，先生？我得回家！我的孩子在喊我。在这儿我没法活下去！帮帮我，先生！帮帮我！"

"我无法帮助你，鲍里斯。"

"没有人能帮助我吗？"

"现在没有人。"

俄国人把头垂得越来越低，突然他闷声闷气地说："谢谢你，先生。"随后转身走开了。

　　他慢步顺路而下。老板长时间地望着他的背影，看到他没有回到旅馆，而是向湖边走去，感到十分奇怪。他深深地叹了口气，回到自己饭店里去。

　　事也凑巧，翌日清晨还是那个渔夫找到了一具溺死者的赤裸裸的尸体。死者生前一丝不苟地把送给他的裤子、帽子和外套摆在岸边，然后走进水里。关于这件事做了一份记录；由于不清楚这个陌生人的姓名，只在他的坟墓上竖了一个简陋的十字架，这是那许许多多小型十字架中的一个，它象征着无名者的命运。现在整个欧洲，从东到西、从南到北到处都插满了这样的十字架。

　　　　　　　　　　　　　　　　　（高中甫　译）

Part 5

看不见的收藏

列车过了德累斯顿两站，一位上了年纪的先生登上了我们这一节车厢，他彬彬有礼地打了招呼，向我颔首致意，再次富有表情地望了我一眼，像是遇见一位故人。乍一看我想不起来，可当他面带微笑刚一说出他的名字，我马上就想起来了：他是柏林最有声望的艺术古玩商人之一，和平时期我经常在他那里浏览和购买旧书以及作家手稿。我们先是随便地聊了一会儿，突然他径直说道：

　　"我得告诉您，我这是从哪儿来的。作为一个艺术商人，这是我三十七年来遇见的一桩奇怪至极的插曲。您大概知道，自从货币像空气一样不值钱，我们这一行的行情是什么样子：一批暴发户骤然都对哥特式的圣母像、古版书以及古老的铜版雕刻画和古画感兴趣了，根本就无法满足他们的奢望，您甚至不得不防范他们把你的整个家底搜净刮光呢。他们恨不能把衣袖上的纽扣和写字台上的桌灯都买了去。于是收进新的货物就越来越困难了——请您原谅，我突然把这些东西说成货物，往常这可是令我们感到多少有些敬畏的呢——可是这群坏家伙就是习惯于把一本杰出的威尼斯古版书看作一大堆美元，把一张古尔希诺①的素描当成几张一百法郎钞票的化身。这股突然涌来的抢购浪潮，其势头锐不可当。于是隔夜之间我就被搜刮得一干二净。我真想把店门一关了事。在我们这样一家老字号里——这还是我父亲从我祖父手里接过来的——竟然只有一些可怜巴巴的劣等货色，过去，在北方这都是些连走街串巷的小贩也不愿放到车上的东西，我为此羞愧至极。

　　"在这种狼狈的境地里，我想出了个主意，去翻阅我们的老账本，搜索一下我们的老顾客，或许可能从他们手中重新买回几件复制品，这样一本陈旧的顾客名单一直都是某种类型的坟墓，特别是在眼下这年代，它对我的用处根本不大。我们早先的那些买主大多数不是早就把他们的收藏送进了拍卖行，就是已不在人世了，对极个别的人也不能抱什么希望。突然翻出

―――――――――――――
① 意大利画家乔万尼·弗兰西斯科·巴比埃利·达·秦托（1590—1666）的绰号。

我们的一个老顾客的一整捆来信，我一下子就想起他来，因为从一九一四年世界大战爆发以来，他就再也没有写信向我们订过货和询问过情况了。这些信件大约都是六十年代①以前的，这绝不是夸张！他从我祖父和父亲手里买过东西，可我记不起来，在我经营的三十七年中他进过我们的商店。一切都表明，他一定是一个古怪的、老式的、滑稽可笑的人。这样的德国人已经变得罕见了，只有在偏远的小镇里还有个把这样的人一直活到我们的时代。他写的字都是一种书法艺术，写得十分工整，钱数总额都用尺和红笔画上直道，而在数字下面都是再画上一道，以免出错。这一点以及他所用的简陋的信封和很不起眼的信纸都说明了这个无可救药的外省人的琐细和吝啬。落款处除了签上他的名字之外，他还经常带上一大串烦琐的头衔：退休的林务官，农业学家，退休上尉，一级铁十字奖章获得者。这个七十年代的老兵，要是还活着的话，那至少年过八十了。但是，这个滑稽可笑的节俭人，作为一个古老的绘画艺术的收藏家却表现出一种非凡的聪颖、杰出的知识和出色的鉴赏力。我慢慢地整理他大约六十年之内的订单——最早的一批订

————————————
① 指十九世纪六十年代。

货还只是几枚银币的事情——这时我发现，这个卑微的外省人在当时人们用一个塔勒^①可以买一大堆精美的德国木刻画的年代里，不声不响地搜集到一批铜版雕刻画，这笔收藏与那些暴发户借以炫耀自己的东西相比，毫不逊色。在半个世纪里，光是他在我们这里仅用极少马克和芬尼成交的，今天的价值就会令人咋舌，除此，可以想象得出，他一定也从拍卖行和其他商人手中弄到不少名贵的东西呢。从一九一四年起我们再也没有从他那里收到过订单了，但我对艺术商界里的事情十分熟悉，这样一批收藏如果进行拍卖或者私下里出售那是瞒不过我的。因此，这个古怪的人现在一定还活着，要不这批收藏就在他的继承人手里。

　　"这件事引起了我的兴趣，于是我在第二天，即昨天晚上立刻动身，直奔萨克森的一座十分破旧的小镇。当我从简陋的车站穿越城镇的那条主要街道时，我简直不能相信，在这些平庸的、市民气的简陋房屋里，其中某间陋室竟住着一个拥有伦勃朗的最杰出的绘画、丢勒和蒙台纳的木刻人像的人。使我惊讶的是我在邮局询问这里是否住有叫这个名字的林务官和农业

---

① 德国旧时的一种银币。

学家时，得知这位老先生确实还健在，于是我就在上午前去拜
访，应当承认，我的心当时跳个不停呢。

　　"我没费什么力气就找到了他的住处。他住在那种租费低
廉的、土里土气的楼房里，这种建筑物都是在六十年代草率匆
忙修建起来的，他住在三楼，二楼住着一位老实的裁缝，在三
楼的左边挂着一位邮政局长的牌子，闪闪发光；而在右边挂着
一个小型的珐琅牌子，上面有林务官和农业学家的字样。我胆
怯地拉动了门铃，随即出来了一个年迈的白发女人，她头戴一
顶整洁的黑色小帽。我把我的名片递给了她，问是否可以同林
务官先生面谈。她感到惊讶，先是怀有某种疑惑似的打量我，
随即看了看我的名片。在这远离世界的小镇里，在这老式的房
子里，出现了一个从外地来的客人，这可是一件大事。但是她
和气地请我稍候，拿着名片，走进房间，我听到她轻轻地说
话，随即突然响起了一个男人的洪亮的声音："啊，R先生，
柏林来的，一家大古玩店的老板……请进来，请进来……我太
高兴了！'那个老妇人快步重新走了出来，把我让进屋内。

　　"我脱掉大衣，进了房间。在简朴的房间正中，笔直地站
着一个健壮的老人，浓髭密髯，身上穿着一件半军用的便服，

亲切地向我伸出双手。但他站在那里的那种奇怪的、僵直的姿态与他那外表上不容置疑的高兴非凡和喜出望外的欢迎姿态毫无共同之处。他一步也不朝我走来，我感到一丝愕然，只得走到他跟前，以便和他握手。可当我正要握他的手时，我发现他的那双手仍一动不动保持着水平姿势，不是来握我的手，而是在那儿等我去握。随即我全明白了，这个人是个盲人。

　　"早从孩提时代起，在一个盲人面前，我总是觉得不舒服。我明知他是一个活生生的人，可同时又知道，他不能像我看他那样看到我，这总免不了使我感到某种羞赧和窘迫。当我现在看到白色浓眉下的一双业已死亡了的、僵直的、空无所视的眼睛时，我不得不克制我的愕然。但是这个盲人却不让我有更多时间发怔，我刚一握住他的手，他就使劲地摇动起来，急促地、高兴得粗声粗气地再度表示欢迎。'稀客啊，'他满脸堆笑地对我说，'这真是奇迹呀，柏林的一位大老板竟然光临寒舍……可一当某个生意人上路，那就要当心啊……在我们这里，人们常说：要是吉卜赛人来了，那就要紧锁房门，看好钱包……是的，我想得出您为什么来找我……眼下，在我们这个可怜的、走下坡路的德国，生意不好做呀。没有买主了，于是大老板们就又想起了他们的旧主顾，寻找他们走失了的羔羊……但在我这里，恐怕您交不上运气啦，我们这些穷苦人，靠养老金过活的老人，饭桌上有块面包，就够高兴的了。你们现在要的令人发疯的价格，我们再也付不起了……我们这样的人永远也没有份了。'

"我立即解释说，他误解了我的来意。我来这儿不是向他出售什么，我只是偶尔来到这一带，有了机会，也不想错过这个机会来拜访我们的一位多年的老主顾和德国最大的收藏家之一，我刚一说完'最大的收藏家之一'这句话，这老人的脸上便起了一种奇怪的变化。虽说他还是笔直地、僵硬地站在房子中央，可是现在他的态度突然显出欢快明亮和扬扬得意的神情。他把身子转向估计是他妻子的方向，说道：'你听听。'声音里充满了快乐，没有一丝那种在军队里养成的粗鲁语气，而是和气地甚至是温柔地对我说：'您这真是太好、太好了……您确是不虚此行啊。您可以看到您不是每天都能看得到的东西，即使是在你们豪华的柏林……有几幅画，在阿尔帕梯纳①，在该死的巴黎都找不出比它们更美的了……真的，收藏

────────────

① 维也纳著名的艺术陈列馆。

了六十年，什么样的东西没有啊，这可不是在马路上随便看得到的。露易丝，把柜子的钥匙给我！'

"这时候却发生了有些意想不到的事情。那个一直站在他身边、面带微笑客气地静听我们谈话的老妇人，突然向我恳求地举起双手，与此同时猛烈地摇头表示不同意，这个暗示一开头我没有理解。这时她走到丈夫跟前，把两只手放到他的双肩上。'海瓦特，'她提醒说，'你还根本没问这位先生现在是不是有时间来看你的收藏呢，现在已经中午了。而饭后你得休息一个小时，这是医生明确嘱咐了的。饭后你让这位先生看你的东西，然后我们一同喝杯咖啡，不是更好吗？那时安娜·玛丽也在这儿了，她对这些东西很熟悉，可以帮你的忙！'

"她刚一说完这番话，就立即再次背着什么也察觉不到的老人重复那种迫切乞求的手势。我现在懂得了她的意思。我知道，她希望我现在拒绝观看他的收藏，我很快找到一个托词，说中午有一个约会。如果能够欣赏他的收藏，我当然感到高兴和光荣，但是在三点钟之前几乎不可能了，在此之后我十分愿意。

"他像一个孩子被人夺去了心爱的玩具那样恼火起来，老人转过身来。'当然，'他嘟囔说，'柏林的先生们从来都没有时间的，可这次您一定得花点时间的，这可不是三五幅画，这是整整二十七本画册，每本是一个大师的作品，而且没有一本里是有空页的。那就说好三点，可要准时，否则我们是看不完的。'

"他又空无所视地把手伸给我。'您注意，您会高兴——或者恼火。而您越是恼火，我就越是高兴。我们收藏家一向就是这样，一切都弄来给自己，而没有我们给别人的！'他再次有力地摇动我的手。

"老妇人陪我出门。整个时间里我已觉察到她闷闷不乐、畏葸不安和不知所措的表情。刚一走出门口，她完全压低了声音、结结巴巴地对我说：'在您来我们这里之前，是否请您允许……请您允许……我的女儿安娜·玛丽去领您前来？……这更好些……更妥当些……您大概是在旅馆用饭吧？'

'当然，我为此感到非常高兴，乐于从命。'我说。

"真的，就在一小时之后，我在市集广场旁边旅馆的小饭堂里刚吃完中饭，就走进来一个老气的姑娘，她衣着简朴，用目光在搜寻。我向她走去，介绍我自己，说明我已准备停当，可以立即动身去欣赏她父亲的收藏。可她突然脸红了起来，像她母亲一样慌乱窘迫，她问我在去之前可否同我谈几句话。我立刻看出来她很为难。每当她要开口说话时，总是十分羞赧，面泛红晕，不安地用手抚弄衣服。最后她总算开始说了，结结巴巴，并且一再地慌乱无措：

"'母亲叫我到您这儿来……她把一切都讲给我听了……我们对您有一个请求……在您去我父亲那儿之前，我们是想告诉您，我父亲当然想把他的收藏拿给您看……可是这批收藏……这批收藏……不再是完整无缺的了……其中少了一些……不幸的是，甚至可以说少了很多……'

"她不得不又停下来喘口气，随即突然望着我，匆忙地说下去：

"'我必须完全坦率地对您讲……您清楚眼下的时代，您会了解这一切的……战争爆发后父亲的双目就完全失明了。早在这之前他的眼睛就经常犯病，而由于激动终于完全失明——战争开始那年，他虽然已七十六岁了，可还是要到法国去打仗，当军队没有像一八七〇年那样长驱直入，他就可怕地激动起来，于是他的视力就急剧减退。如果没有这场变故，他一直还完全是健壮的，在这之前不久他还能整小时走动，甚至外出打猎，这是他最喜爱的一种运动。可现在他不能出外散步，他剩下的唯一乐趣就是这批收藏，每天他都得看上一遍……说实在的，他根本不是在看，他根本也看不见了，但他每天下午把画册都拿出来，为的是至少可以用手去摸摸它们，一张接着一张，总是按着固定的次序，这是数十年来他熟记好了的……今天没有什么再引起他的兴致了，我总是给他念报纸上的拍卖价格，他听到价格越高，就越是高兴……可是……可这太可怕了，我父亲对物价、对时代是一窍不通啊……他不知道我们失去了一切，他不知道他一个月的养老金只够两天的生活……此外还得加上我妹妹和她的四个孩子，她的丈夫战死了……可我父亲对我们经济上的困难一无所知。开头我们节俭地过，省吃俭用，可这无济于事。于是我们开始卖东西——我们当时不动他心爱的收藏——卖我们有的零星首饰，可是，我的上帝，六十年来我父亲把他省下来的每个芬尼都用在买画上了，我们能有什么值钱的东西呢。山穷水尽，我们不知该怎么办……于是，于是母亲和我卖了一张画。父亲要知道的话，是不会允许的，他不知道境况多么坏，他想象不出在黑市里买一口吃的是多么困难，他也不知道我们被打败了，阿尔萨斯和洛林被割让出去了，我们不再给他念报纸上这一类的事情，免得他激动起来。

　　"'我们卖了一幅非常珍贵的画，那是伦勃朗的一张铜版蚀刻画。买主给了我们好几千马克，我们希望用这笔钱能过上一年。可是您知道，这钱也太不值钱了……我们把余款存放在银行里，可是两个月后就变得一文不值了。这样我们只得又卖一张，接着再卖一张，而买主汇来的钱老是很迟，等钱到手又不值钱了。随后我们去拍卖行，可在那儿他们也欺骗我们，出的价格是上百万……可是等这几百万马克到我们手就又变成一堆废纸。慢慢地就这样把他那批收藏中的最珍贵的卖得一张不剩，用来维持起码的、最可怜不过的生活，而我父亲对此一无所知。

　　"'因此，当您今天前来，我母亲十分惊慌……要是他给您打开他的画册，那一切就隐瞒不住了……我们把复制品或类似的画塞到画册里的旧框里去代替我们卖出的画，这样，他抚摩的时候就不会发觉。当他抚摩和数这些画（每一张的次序他记得非常清楚）的时候，那种喜悦劲和他过去眼睛能看得见的时候一样。在这座小城镇里，父亲认为，没有一个人配看他的宝贝……他怀有一种狂热爱着每一张画，我相信，要是他知道了他手里的这批画都早已无影无踪的话，那他会心碎

的。这么多年来，您是第一个可以看他的画册的人。为此我
请求您……'

"突然这个女人举起双手，眼睛含着泪水，闪闪发光。

"'……我们恳求您……您不要使他不幸……您不要使我
们不幸……您不要毁掉他这最后的幻想，请您帮助我们，使他相
信他要对您讲述的这些画都还在……要是他猜出了都是假的，那
他肯定会死去的。或许我们这样对待他是不对的，但是我们没有
别的办法。人总得活下去……人的生命，我妹妹的四个孤儿，这
总比画要重要啊……直到今天我们也没有剥夺掉他的快乐。每天
下午有三个小时他翻阅他的画册，同每张画说话，像同一个活
人一样。而今天……今天也许是他最幸福的日子，多年以来，他
一直等待这么一天，好向一个行家展示他这些心爱之物，我请求
您……用举起的双手恳求您，不要毁掉他的幸福！'

"她说的这一切是那样感人，我的复述根本无法表达出
万一。我的上帝，作为一个生意人，我看到过许多人被无耻地
掠夺得一干二净，被通货膨胀弄得倾家荡产，他们宝贵的家私
为了换口奶油面包而被骗去。但是这儿，命运创造了另外一番
奇特的情景，它使我极为感动。不言而喻，我答应她一定保守

秘密，并尽我最大的努力去做。

"我们一道前往。在半路上我又愤慨地得知，别人用区区少数的钱欺骗了这两个穷苦的、无知的女人，这更坚定了我去帮助她们的决心。我们上了楼，还没等我们拉门铃，我就听见从房间里面传出来老人高兴的叫喊声：'进来！进来！'盲人的灵敏听觉使他在我刚一上楼时就听到了我们的脚步声。

"'海瓦特今天等着您看他的宝贝，急得连觉都没睡着。'老妇人微笑着说。她女儿的一个眼色就使她安下心来，知道已经取得了我的同意。在桌面上早就摆满了画册，这位双目失明的老人刚一握到我的手，来不及说其他的欢迎词，就抓住我的胳膊把我按在扶手椅上。

"'好了，现在我们马上开始——有好多东西要看呢，从柏林来的先生没有时间哪。第一本画册是丢勒大师的，您可以看得出来，是相当完整的，一张比一张好，喏，这您自己能判断出来的，您看这一张！'他翻开画册的第一张，'这是《大马》。'

"于是他十分谨慎地，就像是接触一件易碎的物件似的，用指尖小心翼翼地从画册的纸框里取下一张上面什么也没有的、发黄的纸张，兴高采烈地把这张废纸头摆在自己的面前。他看着它，有好几分钟，实际上他什么也看不见，但他兴奋地用手把这张白纸举到眼前，脸上奇妙地呈现出一个明目人那样的聚精会神的表情。在他那双瞳仁业已僵死的眼睛里霎时间闪出一种明镜般的光亮，一种智慧的光华。这是由于纸张的反射还是内心光辉的映照？

"'喏，您什么时候看到过这样一张极为漂亮的画呢？'他骄傲地说，'每一个细部都多么清晰，多么细腻——我把这一张同德累斯顿的那一张做过比较，比起来那一张显得呆板，毫无生气。这儿还有收藏家的一些落款！'说着他把这张纸翻了过来，用指甲准确地指着这张白纸背面的一个地方，这使我不由自主地看过去，看那儿是否真的有什么标记。'这是拿格勒收藏的图章，这儿是雪米和艾斯达依勒的图章。他们这些著名的收藏家绝不会想到，他们的画有一天竟落到了这间陋室里。'

"当这个一无所知的盲人那样赞赏一张废纸时，我脊背上不禁感到一阵发冷，看到他用指甲尖一丝不苟地指着那些只存在于他幻想中而实际上看不到的收藏者的标志，真使人难过。

我觉得嗓子眼发堵，不知回答什么好，但当我不知所措地向两个女人望去时，看到了那个颤抖的、激动的老妇人乞求地举起双手，于是我镇定下来，开始扮演我的角色。

　　"'真是罕见！'我终于讷讷说道，'一张美极了的画。'他的脸立刻由于骄矜而泛出光泽。'这远不算什么，'他得意地说，'您得先看看那张《忧郁》或者《基督受难》，一张着色的珍品，这样的质量再找不出第二份来，您看看吧。'他的手指又轻轻地在一张他想象中的画上比画着。'多么鲜艳，色调多么细腻，多么温暖。柏林的古玩商和博物馆的专家们都会目瞪口呆的。'

　　"这种狂喜入迷的、喋喋不休的赞赏足足有两个小时。不，我无法向您描述，看到这一二百张白纸或粗劣的复制品是多么令人难过，但这些白纸和复制品在这个悲惨的、一无所知的盲人的记忆里却是那么真实，他能丝毫不爽地顺着次序赞美着、描绘着每一个细部，十分精确。这看不见的收藏，虽说早已失散得一干二净，可对于这个盲人，对于这个令人感动的、受骗的老人，却依然是完整无缺啊，他幻觉中的激情是那样强烈，几乎使我都开始相信他的幻觉是真实的了。只是有一次他

几乎从这种夜游式的状态中被惊醒过来：在他夸奖伦勃朗的
《阿齐奥帕》（这一定是一幅珍贵无比的样本）印得多么精致
时，同时用他那神经质的有视觉的手指，顺着印路在描画着，
可他那敏感的触觉神经在这张白纸上却感受不到那种纹路。刹
那间他的额头笼罩上一层黑影，声音慌乱起来。'这真的……
真的是《阿齐奥帕》？'他嘀咕起来，显得有些困惑。于是我
灵机一动，马上从他手里把这张纸拿了过来，并兴致勃勃地对
这幅我也熟悉的铜板蚀刻画中每一个细节加以描述。老人业已
变得困惑的面孔又恢复了常态。我越是赞赏，这个身材魁梧然
而老态龙钟的盲人便越是心花怒放，一种宽厚的慈祥，一种憨
直的喜悦。'这才真是一个行家，'他欢叫起来，得意地把身
子转向家人，'终于有一个懂行的人了，你们也会知道，我的
画是多么宝贵了。你们总是怀疑我，责备我把钱都花在我的收
藏上，是啊，六十年来，我不喝啤酒，什么酒也不喝，不吸
烟，不外出旅行，不上剧场，不买书，我节衣缩食，省吃俭
用，就是为了这些画。你们会看到的，等我离开人世时，那你
们就会有钱，比这个城镇的任何人都有钱，和德累斯顿最有钱
的人一样富有，那时你们就会对我的这股傻劲再次感到高兴

呢。但是只要我还活着，哪一幅画也不许离开我的家。得先把我抬去埋掉，才能动我的收藏。'

"他的手温柔地抚摩着早已空空如也的画册，像抚摩一个活物似的。这使我感到惊悸，但同时也深受感动，在战争的年代里我还从没有在一个德国人的脸上看到这样完美、这样纯真的幸福表情，站在他身边的是他的妻女，她们与德国大师的那幅蚀刻画上的女性形象那样神奇地相似，她们来到这儿是为了瞻仰她们的救世主的坟墓，站在被挖掘一空的墓穴之前，她们面带一种惊骇至极的表情，而同时又怀有一种虔诚的、奇妙的狂喜。像那幅画上的女人在听耶稣基督的上天预言那样，这两个上了年纪的、面容憔悴的、穷苦的小资产阶级女人被老人孩子般的喜悦所感染，半是欢笑，半是泪水，这种景象我从未经历过，它是那样动人。但是老人觉得我的赞赏仍不够似的，他一直不断地翻动画册，如饥似渴地吞饮下我的每一句话。当这些骗人的画册终于被推到一旁，他不情愿地把桌子腾出来供喝咖啡用时，这对我来说如释重负。但我的这种轻松感，却是针对他那极度兴奋、极为狂乱的快乐的，针对这像是年轻了三十岁的老人的自豪而言的，这使我感到内疚。他讲了许许多多他搜集这些画的趣闻，他拒绝他人的帮忙，不断地站起身来，一再地抽出一幅又一幅的画来，宛如喝醉了酒那样不能自主。最后，当我告诉他我得告辞时，他蓦地一怔，像一个固执的孩子那样满心不悦，气得直跺脚。两个女人极力使这执拗的老人理解，他不应该再挽留我了，要不我就要误火车了。

"经过无望的挽留，他最后听从了劝告。在告别的时候，他的声音变得完全温和了。他抓住我的双手，面带一个盲人所能表现出来的全部感情，用手指爱抚地一直摸到手腕，像是要更多地了解我，或者是要给予我远非言辞所能表达出的、更多的爱。'您的访问使我高兴极了，高兴极了，'他开始激动地说，这激动出自他内心深处，是我永远不能忘怀的，'您对我真的做了一件大好事，使我终于，终于，终于能同一个行家一道欣赏我这些心爱的画册。您会看到，您到一个老瞎子这儿来，并没有白来一趟。这儿，在我的妻子面前，她可以做证，我答应，在我的遗嘱上再加上一个条款，把我的这批收藏委托给您这家老字号负责拍卖。您应该有这份荣誉，支配这批不被人知晓的宝贝，'说到这里，他把手轻轻地放在已被洗劫一空的画册上面，'直到它们流散在世上的那一天为止。但您要答应我，印一

份精美的目录，这将是我的墓碑，我不需要其他更好的了。'

"我向他的妻子和女儿望去，她俩靠在一起，战栗不时从一个人传向另一个人，仿佛她俩成为一体，协调一致地在抖动。可我有着一种庄重的情感，因为这个令人感动的、一无所知的盲人把他那看不见的、早已无影无踪的收藏当作一批珍贵的财富委托给我支配。我激动地应允了他，可是这允诺是永远不会兑现的。在他那对业已死亡的瞳仁中重新泛出光辉。我觉察到，他有着一种出自心底的渴望，要和我亲近；我感到他的手指是那么温柔、那么亲切地紧握住我的手指，满怀着感激和庄严的情感。

"两个女人陪我向门口走去。她俩不敢讲话，因为怕他灵敏的听觉会听到每一个字。她们望着我，两眼饱含热泪，目光里充满了感激之情。我迷迷瞪瞪地摸着下了楼梯。我真应该感到羞愧，看起来我像一个天使降临到一个穷人之家，由于我参与了一场虔诚的骗局并进行了善意的欺骗，从而使一个盲人复明了一小时，我实际上却是一个卑劣的商贩，来到这里是想从别人手中搞到一两张珍贵的作品。但我从这里带走的远比这要珍贵得多：在这个阴郁的、没有欢乐的时代里，我又一次活生生地感受到了纯真的热情，一种照透灵魂、完全倾注于艺术的狂热，而这种狂热我们的人早就没有了。我怀有一种敬畏的感情——我不能说出别的什么来——尽管我还一直有着一种我说不出为什么的羞愧之情。

"我已走到了街上，上面的窗户咯吱地响动起来，我听到有人喊我的名字。真的，老人用盲无所见的眼睛在望着估计是我走去的方向，他连这个机会都不放过。他把身子从窗户里探出很远，两个女人不得不费心地扶住他。他挥动手帕，用孩子似的欢快声音喊道："一路平安！"我永远不会忘记这个景象：窗口白发老人的一张快乐的面孔，高高地飘浮在马路上愁容满面、熙来攘往、行色匆匆的众生之上，乘着一朵幻觉的白云冉冉上升，离开了我们这个令人厌恶的世界。我不由得忆起了那句古老的至理名言——我想那是歌德说的——"收藏家是幸福的人"。"

（高中甫　译）